Saphira Czychon

Das Leben und
seine Nebenwirkungen

AF201307

Saphira Czychon

Das Leben und seine Nebenwirkungen

Roman

Impressum

.

Infos zum Autor:

Saphira Czychon wuchs in einer kleinen Stadt in Deutschland auf und begann schon mit jungen Jahren zu schreiben und Geschichten lebendig werden zu lassen. In ihrem zweiten Buch geht die Geschichte um Skyler Johnson und Taylor Standel weiter. Und es ist nicht nur eine Geschichte, es ist das Leben.

Bibliografische Information der Deutschen Nationalbibliothek:
Die Deutsche Nationalbibliothek verzeichnet diese Publikation in der Deutschen Nationalbibliografie; detaillierte bibliografische Daten sind im Internet über http://dnb.dnb.de abrufbar.

Herstellung und Verlag: BoD – Books on Demand, Norderstedt

ISBN: 978-3-7504-6242-7

Das ist all den dingen gewidmet,

an die du wirklich geglaubt hast.

Kapitel 1
Man sieht sich immer zwei Mal im Leben

- Skylers Sicht -

Amsterdam, fünf Monate später.
Endlich war der Unterricht um und es klingelte zum Wochenende. Ich geh gern zur Schule wirklich, aber trotzdem ist das Wochenende immer noch mein Lieblings Part.
Ich stopfte meinen Collegeblock in meinen Rucksack, verließ das Klassenzimmer und ging die langen Treppen meiner Schule, der Friedrich-William Schule hinab in Richtung Ausgang. Durch die gläsernen Türen konnte ich schon von weitem sehen, dass es draußen in strömen regnet. Die Regentropfen prallten nur so gegen das Glas. Vielleicht war auch ein bisschen Hagel dabei, dachte ich als ich den Ausgang erreichte und mir meinen schwarzen Reebok Rucksack der vorher nur über einer Schulter hing, richtig aufsetzte. Netter weise hielt mir Jonas aus meiner Parallelklasse die Tür, die nach draußen führte auf. Während ich ihm noch ein schönes Wochenende wünschte und mich bedankte, eilte ich nach draußen, wo die Fahrräder standen die mittlerweile schon komplett vom Regen mit Regentropfen bedeckt waren. Ich suchte so schnell

ich konnte nach meinem dunkel-blauen Rad, schloss das Fahrradschloss auf und fuhr los zur Bibliothek, um Bücher die ich mir vor einem Monat bereits ausgeliehen hatte abzugeben.

In der Hoffnung, dass mein Rucksack dem Regen stand hielt, fuhr ich los. Schließlich hatte ich mein IPad dabei und ich wollte auf keinen Fall das es kaputt ging. Ein Wasserschaden wäre jetzt das letzte, was ich gebrauchen konnte.

Nach zehn Minuten erreichte ich die Bibliothek und stürmte komplett durchnässt hinein. Innen drin war es zu meinem Glück ziemlich leer und so kam ich gleich dran und verließ nach noch nicht einmal zwei Minuten die Bibliothek schon wieder.

Als das dann erledigt war, und ich mir was die Abgabe der Bücher betraf keine Sorgen mehr machen musste, fuhr ich von da aus weiter zu einer Buchhandlung, in der ich momentan einen Aushilfsjob ausübte, um meinen Eltern nicht immer auf der Tasche hängen zu müssen und mehr selbstständig zu sein. Meine Eltern kaufen mir echt gern die Dinge, die ich benötige und ich schätze dass auch wirklich sehr, aber es ist ein schönes Gefühl zu wissen, dass man für sein Geld selbst gearbeitet hat.

Nun wisst ihr, wie mein Leben zurzeit ausschaut und was sich verändert hat, aber ihr wisst längst noch nicht alles.

Von Taylor habe ich seit meines Auszuges aus New Jersey nichts mehr gehört. Weder auf Sozial Media, weder noch im realen Leben, was an sich eigentlich auch ganz gut ist. Klar macht es mich noch traurig, wenn ich an die Zeit zurück denke und daran, was wir erlebt haben, oder eigentlich was wir nicht erlebt haben, weil - ach ihr wisst schon. Aber wenn ich wirklich ganz ehrlich bin, habe ich damit abgeschlossen. Mir ist bewusst, dass es vorbei ist und ich ihn nie wieder sehen werde und ich finde mich damit ab. So schwer es auch ist.

Was meine Depression angeht, gibt es gute, aber auch leider noch schlechte Tage. An manchen läuft es echt ganz gut und ich hab mich einigermaßen im Griff, an anderen wiederum nicht.

Meine Interessen haben sich seit dem Umzug auch komplett verändert. Lesen tue ich nach wie vor noch gern, nur nicht mehr so oft. Einfach weil es aus Zeitlichen Gründen nicht mehr so oft geht. Meist bin ich bis nachmittags in der Schule, danach auf Arbeit und dann meistens erst gegen 21 Uhr Zuhause. Da bleibt nur noch sehr wenig, bis gar keine Freizeit. Zudem habe ich mich mit meinem Bruder Robin in einen Basketball-Team angemeldet. Dort Trainieren wir immer samstags eine Stunde und haben auch ab und an mal ein Spiel. Robin ist dort Team-Kapitän und konnte sich damit einen lang ersehnten Wunsch erfüllen. Das freut mich natürlich sehr. Er blüht bei seiner Aufgabe als Team Kapitän total auf und man sieht richtig, dass es seine Leidenschaft ist.

Vor einem Jahr hätte ich nie damit gerechnet, dass ich mich auch einen Verein anschließe und dabei Spaß haben werde. Das ich diesen Schritt wirklich gewagt habe, habe ich ganz viel Robin zu verdanken. Er hat mich mehr oder weniger dazu überredet und mir gut zu gesprochen.

Mit meinen Eltern läuft es auch nach wie vor sehr gut. Wir leben hier in Amsterdam in einem kleinen Haus mit Garten. Paul und ich haben die oberste Etage des Hauses und jeweils dort ein eigenes großes Zimmer. Im Grunde sieht mein Zimmer genau aus, wie auch in New Jersey, nur das es größer ist und das durch die großen Fenster mehr Licht hinein strömt und es somit freundlicher und lebendiger wirkt. Ihr seht also, dass sich eine ganze Menge verändert hat.

„Skyler?"

„SKYLER?"

„Johnson? Ich rede mit dir!" sagte nun eine Stimme lauter und riss mich aus meinen Gedanken. Ich schaute zu ihr und war nun nicht mehr nur halb anwesend, sondern komplett.

„Wo bist du nur wieder mit deinen Gedanken?"

„Sorry, ich habe grad nur an die nächste Mathe Klausur gedacht und war dadurch etwas abgelenkt."

„Liar", sagte Regina, meine Arbeitskollegin die eigentlich alle nur Regi nennen und trank einen schlug heißen Kaffee aus ihrer knallgrünen Tasse mit einen Bären drauf.

„Das kannst du mir nicht erzählen. Wie heißt er?" ergänzte sie und schaute mich gespannt mit ihren aufgerissenen blauen Augen an.

„Gleichungssystem ist sein Name", sagte ich lachend, griff nach meiner Tasse und ging zur Tür hinaus, die Treppen hinunter und zu meinem Arbeitsplatz. Einige Sekunden später kam auch Regi hinter her.

Wir beide arbeiten zusammen am Packtisch in einer Buchhandlung. Aber es ist nicht nur irgendeine Buchhandlung. Es ist meine liebste hier in Amsterdam. jedenfalls packen wir am Packtisch, wie es der Name auch schon verrät, Bücher in Geschenkpapier ein, die hier gekauft und verschenkt werden. Das ganze macht auch Relativ viel spaß, weil es leichte Arbeit ist, die keine hohe Konzentration benötigt. Und natürlich ist es ein toller Nebeneffekt, das wir mittlerweile ein eingespieltes Team sind und sie immer ganz lustige Geschichten nebenbei erzählt. Sie hat einen guten Humor. Ich hab sie echt gern und das motiviert mich auch noch mehr dazu zur Arbeit zu gehen, weil ich weiß dass es mit ihr nie langweilig wird. Allerdings wäre ich am heutigen Tag, lieber nicht da gewesen.

Regi und ich waren, wie immer an unserem Arbeitsplatz in der ersten Etage der Buchhandlung und packten Bücher der Kunden ein. Regina packte grad ein Wissenschaftsbuch für einen etwas älteren Herrn ein und plauderte nebenbei munter drauf los. Währenddessen stand ich neben ihr am Tisch angelehnt und trank meinen mittlerweile lauwarmen Kaffee. Abgesehen davon, dass mein Kaffee eigentlich immer lauwarm ist, weil ich zu viel Milch rein kippe.

„Ich hab das Buch für meinen Enkel gekauft. Er steht total auf wissenschaftliche-Sachen, wisst ihr." Erzählte uns der ältere Herr.

„Also ich kann ja Naturwissenschaften so garnicht. Wirklich überhaupt nicht. Darin bin ich voll die Niete."

Der ältere Mann musste lachen und auch ich konnte mir ein schmunzeln nicht verkneifen.

Während Regina munter weiter erzählte, drehte ich meinen Kopf zur Seite und trank dabei einen schlug und bekam dann den Schreck des totes.

„Sky, hast du ein Gespenst gesehen?" Fragte Regina lachend, als sie mein Gesicht sah und wickelte orangenes Geschenkpapier um das kleine Rechteckige Buch vor ihr.

„Wenn es bloß so wäre. Ich bin gleich zurück." Total unter Schock verliess ich meinen Arbeitsplatz und ging den Gang ein paar Meter vor mir entlang. Dann blieb ich stehen und drehte mich um.

„Skyler" sagte der Junge mit der olivgrünen Jacke und den braunen haaren, der genauso erschrocken war, wie ich auch.

„Taylor" entgegnete ich.

Nun standen wir beide hier und schauten uns ganz überrascht, den jeweils anderen hier zu treffen an.

„Du arbeitest hier?" Er verwies mich auf mein Namensschild, was an meinem grauen Oversize-Pullover befestigt war.

„Ja, aber die noch viel größere Frage ist, warum du hier bist?"

„Weil ich dich vermisst habe, Skyler."

„Aha so ganz plötzlich ja? Aber wo, wie...", ich war wie erstarrt und bekam meine Gedanken kaum zusammen.

„Woher weißt du, dass ich hier bin?" Sprach ich weiter.

„Ich habe deinen Bruder per Facebook angeschrieben und er hat mir gesagt, dass ich dich hier finden kann. Ich dachte ich schau mal nach."

„Taylor, ich weiß grad überhaupt nicht was ich sagen soll. Um ehrlich zu sein, bin ich komplett überfordert mit dieser Situation. Kannst du das verstehen?"

„Das kann ich sehr gut. Ich muss zugeben, dass ich selbst grad ein bisschen überfordert bin."

„Tja nur mit dem Unterschied, dass du mir hier her gefolgt bist und nicht anders her rum." entgegnete ich ihm ernst. „Wirklich, ich finde das hier grade nicht lustig. Wie soll das mit uns den noch weiter gehen?"

„Genau deswegen bin ich hier."

Er schaute zu Boden und fixierte seinen Blick auf einen kleinen Fleck vor ihm.. „Skyler, lass mich dir das alles in Ruhe erklären. Lass uns darüber sprechen."

„Aber nicht hier und auch nicht jetzt. Ich muss arbeiten."

„Hast du meine Handynummer noch?"

„Taylor, ich dachte das ich dich nie wieder sehen werde. Nein, Ich habe sie nicht mehr."

„Hast du ein Blattpapier?"

„Ja, warte." Ich ging kurz zurück an meinen Platz, wo ich jetzt eigentlich auch sein müsste, holte mir ein kleines Blattpapier und einen Kugelschreiber und notierte mir Taylors Nummer.

„Wirst du mir schreiben?" Sagte er ernst und irgendwie wirkte er auch betrübt.

„Ja, werde ich." Das war das letzte, was ich an diesem Nachmittag zu ihm sagte. Danach ging ich zurück an meine Arbeit und zählte die Stunden bis zum Feierabend.

Glücklich darüber, dass Regina mich auf den kleinen Zwischenfall vorhin nicht angesprochen hatte, packte ich meine Sachen zusammen und machte mich grad auf den Weg zum Ausgang, als mich Regi aufhielt.

Zu früh gefreut, Skyler.

„Wer war das vorhin? Woher kennst du ihn?"

Seit meines umzugs hatte ich mir geschworen, dass ich niemanden etwas von Taylor erzählen werde. Schließlich brachte es nichts, dauernd die Vergangenheit auszupacken. Grade auch weil er auf einem ganz anderen Kontinenten war, und ich mir geschworen hatte, alles was ihn und unsere Geschichte betraf auch dort zu lassen.

„Ein alter Freund, nichts weiter. Ich muss jetzt aber auch los. Meine Eltern warten mit dem Essen auf mich." Ich verabschiedete mich schnell von ihr und eilte zu meinem Fahrrad.

Ein Weilchen später kam ich zuhause an, zog mir etwas bequemes an und speicherte Taylors Nummer erneut in meinem Adressbuch ab.

Und ich dachte, dass es endgültig vorbei wäre. So leicht kann man sich doch täuschen.

Ich öffnete meinen Whatsapp-Account und schrieb Taylor eine Nachricht.

Hey, Du wolltest mit mir sprechen?

Hey, könntest du morgen?

Ich hab morgen frei, also ja. 15 Uhr?

Dürfte ich schaffen

Coffee Fellows? Ist in der Innenstadt, in der Nähe der Buchhandlug, in der du heute warst. Mit Google Maps, solltest du es sicher finden.

Ich schmunzelte in mein Handy hinein.

Das dürfte ich hinbekommen.

Auf die letzte Nachricht antwortete ich nicht mehr und legte mein Handy zur Seite, um mich nun meiner Tasche zu widmen, die schließlich auch noch ausgepackt werden wollte. Schließlich macht sich so etwas, leider nicht von allein. Schade eigentlich.
Schneller als gedacht war ich mit dieser Aufgabe fertig und grade als ich mich hinsetzten wollte, rief mich mein Dad zum essen.

Ich ging die Treppen hinunter und setzte mich neben Robin an den Esstisch. Meine Mom hatte Vegane Burger und dazu Pommes gemacht.

„Du Robin, ich glaub wir müssen nach dem Essen mal etwas besprechen."

Er schaute mich fragend an.

„Unter vier Augen" sprach ich weiter.

„Ist irgendetwas passiert?"

„Indirekt schon, ja."

Er schaute mich weiterhin fragend an und brachte nur ein leises „Hm" hervor.

Nach dem Abendessen, was sehr lecker war, gingen Robin und ich nach oben und setzten uns in mein Zimmer.

„Schieß los Schwesterherz, was kann ich für dich tun."

„Oh glaub mir, du hast genug getan." Ich ließ mich neben ihn auf mein Bett fallen.

„Ich habe in keinster Weise eine Ahnung von was du sprichst." Er began zu lachen.

„Du hast mit Taylor geschrieben. Er war heute bei mir. Verstehst du, er ist hier in Amsterdam. Zwölf Stunden Entfernt von Zuhause. Einfach so."

„Ja, er hat Kontakt zu mir aufgenommen." Er stellte sich auf, griff in seine Hosentasche, schob sein Handy hervor und drückte es mir in die Hand.

„Du kannst dir den Chat durchlesen. Ich bin in meinem Zimmer wenn du mich suchst", sagte er lachend während er zur Tür ging und schließlich den Raum verlass.

Neugierig lass ich mir den Chat durch, musste aber schnell feststellen, dass es nicht viel zu lesen gab. Und irgendwie war das auch ganz gut so.

Ich nahm sein Handy und brachte es zu Robin ins Zimmer. Ich brachte ein „Danke" hervor, legte es ihm auf seine Kommode und ging dann zurück in mein Zimmer. Irgendwie ist es ein komisches Gefühl, ihn wieder in meiner Nähe zu haben. So nah.

Kapitel 2
Das ungesagte redet nachts

Nach einer mehr oder weniger schlaflosen Nacht, stand ich relativ früh auf und machte mich mit Robin zusammen auf dem Weg zum Basketball Training. Es war, wie immer ziemlich schwierig, den ganzen zwei Meter Leuten stand zu halten, grade wenn man so wie ich, nur 1,62 cm groß/klein war. Wie auch immer.

Nach einem gelungen Training holte uns unser Dad ab und fuhr uns zurück nachhause. Anschließend duschte ich noch schnell und machte mich gegen Mittag auf den Weg in die Stadt.

Da ich, wie eigentlich immer ziemlich überpünktlich war, hatte ich noch einige Zeit vor mir und versuchte sie einigermaßen sinnvoll zu vertreiben. Irgendwann aber, wollte ich einfach nicht mehr warten und ging schon mal in das Café. Am Tresen angelangt, bestellte ich, wie immer einen mittleren Cappuccino und setzte mich an einen kleinen Tisch in der Nähe des Einganges. Ich schaute jede Minute auf meine Uhr, nur die Zeit wollte nicht vergehen. Für einen Moment war es so, als wäre sie stehen geblieben.

Kurz nach 15 Uhr betrat dann auch Taylor den Laden. Unpünktlich wie immer. Er bestellte sich ebenfalls einen Kaffee und setzte sich dann zu mir an den Tisch. „Hey" sagte er, als er mir das erste Mal nach langem wieder so richtig in die Augen schaute.

„Hey" ich holte kurz Luft, dann sprach ich weiter. „Du wolltest mir erzählen, warum du hier bist. Oder besser gesagt, wolltest du es mir erklären."

„Ja das wollte ich. Wo fang ich bloß an."

„Am besten am Anfang würde ich sagen. Von New Jersey, bis schließlich hier her."

„Nach deinem Auszug ist einiges passiert. Im wahrsten Sinne des Wortes, ging auf einmal so ziemlich alles in meinen Leben den Bach hinunter. Wallys musste schließen, weil wir einfach keine Einnahmen mehr machten. Somit verlor ich meinen Arbeitsplatz. Keine Woche danach verstarb mein Vater und dann wurde auch noch der Mietvertrag unserer Wohnung gekündigt. Und weißt du, was die schlimmste Sache von all den Dingen war?"

Ich holte tief Luft und sprach dann etwas eingeknickt „Der plötzliche Tod deines Vaters?"

„Nein Skyler, Ich hatte plötzlich niemanden mehr. Mein Vater war nach dir, der einzige Mensch, dem ich mich anvertrauen konnte. Und dann warst du plötzlich weg. Und dann ganz plötzlich er. Dein Umzug hat mich zerrissen. Ich hatte schon Probleme noch bevor das alles passiert ist, aber ich hatte dich. Du warst mein halt. Ich habe es zuhause, ich mein in New Jersey nicht mehr ausgehalten, also nahm ich Kontakt zu deinen Bruder auf. Weißt du, du wärst der einzige Grund gewesen, der mich dort gehalten hätte, aber du warst nicht dort. Nicht mehr."

„Taylor ich-"

Er unterbrach mich „Ich hatte keinen Grund mehr dort zubleiben. Ich sah keinen Sinn mehr darin."

„Also hast du deine Sachen gepackt und bist hergeflogen?"

„Genau, nachdem für mich feststand, dass ich keinen Tag länger dort bleiben möchte, erledigte ich noch das, was noch zu erledigen war und nahm den erst besten Flug hier her."

„Und wo wohnst du jetzt? Und generell wie soll es für dich weiter gehen?"

„Ich bin für den Übergang in einer WG untergekommen. Das soll aber wirklich nur eine Übergangslösung sein. Sobald ich etwas gefunden habe, werde ich in eine kleine Wohnung ziehen. Um einen Job habe ich mich ebenfalls schon gekümmert. Ich arbeite jetzt erstmal an einer Tankstelle und schaue dann, wohin es mich treibt."

„Wow das ist eine ganz schöne Veränderung. Scheint nicht einfach gewesen zu sein, einfach alles liegen zulassen und weg zufliegen. Diese Entscheidung zu treffen."

„Zu deiner Überraschung viel mir diese Entscheidung ziemlich leicht, weil ich wusste, dass ich dich hier wiedersehen würde."

„Taylor, es freut mich wirklich sehr, das zu hören, aber wie stellst du dir das mit uns vor? also wie soll das weiter gehen? Ich mein es war ja letztes Mal schon alles ziemlich kompliziert."

„Soll ich dir was sagen? Nach deinem Auszug, war ich fast jede Nacht im Park, genau bei der Bank, wo wir uns immer getroffen hatten. Und jede Nacht saß ich da und habe an dich gedacht. Und es hat mich einfach nicht los gelassen. All die Dinge, die ich dir nie erzählt hatte. Weißt du, das ungesagte redet nachts. Und es hat nie aufgehört. Erst als ich meine Entscheidung getroffen hatte. Meinst du wir würden das irgendwie hinbekommen? Es ein weiteres Mal schaffen?" Er schaute mich fragend an.

„Glaubst du das denn?"

„Ich bin fest davon überzeugt." Er spielte nervös an seinen fingern her rum, ehe er weiter sprach. „Hast du mittlerweile einen Freund?"

Ich lachte „Nein immer noch nicht."

jetzt lächelte er auch und diesem Moment traffen sich unsere Blicke.

„Es ist schön dich wieder hier zu haben, weißt du." Er nahm meine Hände in seine und sprach dann weiter. „Hier bei mir."

Mir kamen Tränen in die Augen.

„Ich habe dich vermisst. Danke das du her gekommen bist."

„Nicht dafür."

Nach zwei Stunden im Café, kam ich gegen Abend zuhause an und setzte mich zu meiner Familie ins Wohnzimmer.

„Na wieder zuhause, wie war euer treffen?" löcherte mich Robin, der komplett allein im Wohnzimmer saß.

„Gut, wo sind Mum und Dad?"

„Ausgegangen."

„Du weißt was das bedeutet oder?"

„Das wir essen bestellen wup wup. Was wollen wir bestellen?" Fragte er mich überglücklich.

„Sushi?"

„Gute Wahl."

„Und während wir auf unser essen warten, erzählst du mir, wie euer treffen war, ja?"

„Eventuell ja" Ich zwinkerte ihm zu.

Kapitel 3

Versuche nicht das Leben zu beeinflussen

Nachdem Robin und ich uns am vorherigen Abend Sushi bestellt hatten und ich ihm von meinem Treffen mit Tay erzählte, ging ich für meine Verhältnisse ziemlich früh schlafen. Und jetzt so im Nachhinein hätte ich gerne gewusst, was am nächsten Tag auf mich zu kommt. Ich glaub dann wäre ich besser darauf vorbereitet gewesen.

Es war Sonntagmorgen, grade einmal erst 08:00 Uhr und weil ich nicht mehr weiter schlafen konnte, stand ich auf und begann mein Zimmer zu putzen und aufzuräumen. Immer wenn ich das tat, fühlte ich mich ein kleines Stückchen befreiter und besser. Es lenkte mich irgendwie ab und lies mich für einen Moment meine Probleme vergessen. Zumindest so lang, bis ich etwas fand, das mich an meine Vergangenheit erinnert und alle Erinnerungen und Emotionen wieder hoch kommen lässt. Und genau das geschah an diesem Tag.

Ich wühlte in meiner olivfarbenen Box mit lauter Erinnerungen aus New Jersey her rum und fand das erste Foto, das Taylor und ich damals zusammen gemacht hatten. Und nach allem was war, war es eine schöne und schmerzende Erinnerung zugleich. Weil beides weh tat. Immer noch.

Ich ließ das Foto, das schon leicht zerknittert war zurück in meine Box fallen und widmete mich dem Rest meines Zimmers.

Ich räumte weiter auf und ging dann in die Küche, wo meine Mutter bereits im Begriff war, den Frühstückstisch zu decken.

Ich nahm ihr diese Aufgabe ab und tat das am diesen Tag für sie. Um ehrlich zu sein, tat ich das ziemlich selten und irgendwie tat mir das auch total leid.

„Hast du gut geschlafen?" Fragte mich meine Mum, als ich grad im Begriff war, die Gläser, die noch auf dem Tisch fehlten aus dem Schrank zu holen und auf den Tisch ab zustellen.

„Ja ganz gut und du?"

Sie wollte grad etwas sagen, als ihr wer anderes ins Wort viel.

„Ich habe hervorragend geschlafen, danke der Nachfrage" Sagte Robin, der total gut gelaunt und mit einem breiten Grinsen im Tür-Rahmen stand. Lachend schaute ich zu ihm rüber.

„Na da hat aber einer gute Laune." Grade als ich das sagte betrat auch mein Vater den Raum und gab meiner Mutter einen schnellen Kuss auf den Mund, ehe er sich neben Robin an den gedeckten Tisch setzte.

„Und ich weiß wer gleich noch viel bessere Laune hat", Sagte mein Dad und setzte ein grinsen auf.

„Wie wäre es wenn wir heute als Familie etwas zusammen unternehmen? Es ist so ein schöner Herbsttag. Wir könnten auf einen Flohmarkt fahren und anschließend etwas essen gehen. Was haltet ihr davon?"

„Das ist eine tolle Idee Dad." Ich lächelte ihn an.

Wenn es etwas gab, was noch seltener passierte, als das ich den Tisch deckte, dann war es dass, das wir als Familie kaum etwas zusammen unternehmen konnten. Dadurch dass meine Eltern so wenig Zeit hatten aufgrund ihrer Arbeit, war es nicht wirklich oft möglich. Deshalb versuchten sie uns immer jeden Wunsch zu erfüllen und uns ein tolles Leben zu bieten. Klar ist alles ganz cool, so mit Haus, riesigen Garten, keinen Geldsorgen und sowas, aber das ist mir nicht wirklich etwas wert, wenn ich keine Familie habe. Ich würde sofort tauschen wenn es ginge. Lieber wäre ich Arm und hätte Familie, als Reich zu sein und keine Familie zu haben.

Ich weiß noch dass Robin mir einmal erzählt hat, dass ich das eine Jahr, als ich noch kleiner war, weshalb ich mich auch nicht so ganz daran erinnere, sondern nur durch die Erzählung von Robin, an Weihnachten so traurig war, dass ich mir gewünscht hatte, dass unsere Eltern mehr mit uns unternehmen. Allerdings war dies ein Wunsch der nicht unbedingt erfüllt werden konnte. Das ist jetzt ungefähr zwölf Jahre her und ich kann mich keinesfalls mehr daran erinnern. Als Robin mir das erzählte, hatte ich bei unserer Mutter nach gefragt ob das auch wirklich stimmte und mir Robin nicht nur versuchte einen Bären aufzubinden. Schließlich stellte es sich als Wahrheit her raus und tief in meinem inneren schockierte mich das irgendwie.

„Dann fahren wir so gegen zwölf Uhr los und machen uns einen entspannten Tag als Familie. Nur wir vier." Sprach mein Dad weiter.

„Das ist eine tolle Idee Schatz!" Sagte meine Mum, die total glücklich aussah.

„Dann können wir beim Mittagessen auch gleich besprechen, ob wir in den Winterferien nach New Jersey fliegen wollen und eure Großeltern besuchen."

„Das besprechen wir auf jeden Fall"

Nachdem die Planung für den heutigen Tag feststand, entschloss ich mich dann auch mal endlich dazu mir Frühstück zu machen. Ich nahm meine senfgelbe Tasse und füllte mir heißen Kaffee aus unserer Kaffeemaschine hinein. Anschließend kochte ich mir, wie üblich und so gut wie fast jeden Tag mein Bananen-Erdnuss-Porridge und garnierte es mit Blaubeeren.

Nach dem Essen verschwand ich in mein Zimmer und machte mich für den Tag fertig und zu diesem Zeitpunkt ahnte ich noch nicht was im Laufe des Tages noch auf mich zu kam.

Nach einen entspannten Spaziergang über den Flohmarkt, wo ich so ganz nebenbei ein paar Bücher und ein paar Retro/Vintage Deko-Elemente abgegrast hatte, ließen wir uns in einem Restaurant nieder. Mein Dad, sowie auch Robin aßen eine Pizza, meine Mum ein griechisches Gericht, was ich nicht mehr beschreiben kann und ich eine Gemüse-Reis Pfanne, die wirklich ausgezeichnet schmeckte.

Wir genossen die Zeit als Familie, was wir seit langem endlich mal wieder konnten.

Nachdem wir den Nachmittag noch mit einem Kaffee ausklingen ließen, machten wir uns gegen Dämmerung auf den Weg nachhause. Seit langem war dies wieder ein Tag in meinem Leben, den ich liebend gern wieder erleben würde. Und genau so sollte sich dein ganzes Leben anfühlen. Genau so.

Ich kam aus der Dusche her raus und betrat mein Zimmer, was total erwärmt war. Nicht drauf eingestellt, auf das was gleich passieren würde, setzte ich mich auf mein Bett und schnappte mir mein silbernes iPhone, was ich zu meinem 18. Geburtstag von meinen Eltern Geschenkt bekommen hatte. Ich entsperrte es und sah eine Neue Nachricht von Taylor.

Hey Skyler, dass kommt ziemlich spontan ich weiß, aber hast du gegen 20 Uhr Zeit?

Ich schaute auf meine Uhr. Es war mittlerweile 18:56 Uhr. Wenn ich mich jetzt fertig mache und meine Haare föhne, könnte ich es schaffen. Irgendwie total aufgeregt und mit einem Lächeln im Gesicht, schrieb ich zurück.

Wenn ich mich beeile ja. Treffpunkt?

Kennst du den Park, wo die großen Bäume parallel zueinander stehen? Der mit dem kleinen Rosenbusch und der Wiese mit den Schaukeln?

Der ist bei mir in der Nähe.

Gut dann da um 20 Uhr?

Ich werde da sein.

Nachdem diese Frage nun geklärt war, machte ich mich hastig ans Werk mich fertig zu machen, damit ich es auch rechtzeitig schaffte. Ich warf mir noch schnell meine Schwarze Jeansjacke über meinen Grauen oversized pullover der mit den Worten „No tears left to cry" bestickt war. Ich griff noch schnell nach meinem Handy und meinem Portmonee, als mir bewusst wurde, dass es sich genauso anfühlte wie damals. Die guten alten Zeiten, die auch so viel schlechtes mit sich brachten.

Dankbar dafür, dass ich mein Handy vorher aufgeladen hatte und jetzt nicht im dunkeln mit leerem Akku draußen rum rennen musste, ging ich die Treppe runter ins Wohnzimmer.

„Ich bin nochmal kurz weg. Bin gleich zurück."

„Wo willst du hin?" rief mein Vater neugierig hinter mir her, aber es war zu spät, denn ich war bereits aus der Tür hinaus.

„Sie trifft sich bestimmt mit Taylor." Ließ mein Bruder verlauten.

„Er ist hier in der Stadt? In dem Land? kennt sie ihn nicht aus New Jersey?" Fragte meine Mutter die sich grad eine Handvoll Popcorn in den Mund steckte.

„Ja er ist extra wegen ihr hier her gekommen."

„Dann soll er doch mal hier her zum Essen kommen oder so. will ja schließlich meinen zukünftigen Schwiegersohn ein bisschen näher kennenlernen." Auch er nahm sich eine Handvoll Popcorn und stopfte sie sich in den Mund.

Ich eilte zu dem Park, wo das Treffen um 20:00 Uhr stattfinden sollte und ehe ich mich versah, sah ich ihn auf einer Bank mit einer Zigarette in der Hand sitzen.

„Hey", sagte ich, als ich vor ihm stand.

„Hey", kam zurück.

„Alles gut bei dir?"

„Ja soweit schon und bei dir?"

„Mir geht es gut. Hatte einen ziemlich entspannten Tag muss ich sagen."

„Der Hauptgrund warum ich dich hier her bestellt habe, ist weil ich mit dir reden muss."

„Na dann schieß los, ich hab Zeit."

„Das was damals passiert ist, also ich mein in New Jersey, es tut mir leid. Ich hab zu dieser Zeit starke Medikamente bekommen und die haben mich ganz schön betäubt, ich war irgendwie nicht ich selbst, wenn du verstehst was ich meine." Er holte tief Luft, ehe er weiter sprach. „Deswegen hab ich auch so viel geschlafen und so."

„Was waren das für Medikamente und warum hast du sie bekommen?"

„Weil ich schmerzen hatte, Skyler. Ich hatte eine schwere Entzündung im Teil meines körpers und musste diese Medikamente über Monate schlucken, damit ich die Schmerzen nicht spürte. Und der Nachteil war, das ich betäubt war und kaum noch etwas war genommen hatte."

„Warum hast du mir von all dem nichts erzählt?"

„Ich weiß es nicht, aber ich werde mich bessern, das verspreche ich dir."

So saßen wir da noch eine ganze Stunde und redeten und dann passierte das, womit ich nicht gerechnet hatte.

„Soll ich dich bringen oder gehst du allein?"

„Mach dir keine Umstände, ich geh allein. Ich kann auf mich aufpassen."

„Da wäre ich aber nicht so sicher." Als er das sagte griff er nach meiner Hand und ich spürte seine Wärme. Und ehe ich mich versah, spürte ich seine Lippen auf meinen und in diesem Moment hatte ich das Gefühl als wäre die Zeit stehen geblieben. Als wäre nie etwas gewesen. Als wäre alles gut.

Kapitel 4

Da ist immer ein Warum

Es war nur eine Frage der Zeit, bis das eintrat, wovor wir alle Angst hatten. Meine Eltern hatten immer Angst das Robin oder mir etwas beim Basketball spielen passieren könnte. Das wir uns verletzen und deshalb nicht mehr weiter spielen konnten. Nun stand heute wieder Training auf dem Programm und dass es für jemanden von uns das letzte Mal sein sollte, ahnte zu diesem Zeitpunkt noch keiner.

Ich zog mir meine schwarze Trainingsjacke über mein weißes Top, schnappte nach meinem Rucksack und rannte die Treppen hinunter zu unserem Auto, wo Robin und mein Dad schon auf mich warteten. Schnell sprang ich rein, ehe wir zu spät zum Training kamen. Und ausnahmsweise hätte ich mir an diesem Tag gewünscht, dass wir zu spät gekommen wären. Vielleicht wäre das alles dann garnicht erst passiert.

In den Umkleiden schlüpfte ich noch schnell in meine weißen Turnschuhe, schloss meine Sachen in einem Schließfach ein und ging zu den anderen in die Turnhalle. Insgesamt bestand unsere Mannschaft aus 15 Leuten und sage und schreibe drei davon, mit mir einbegriffen, waren Mädels. Ich glaub daran erkennt man ganz gut, dass Basketball immer noch als Jungs-Sport angesehen wird.

„Hört ihr mir mal alle bitte zu. Ich habe eine wichtige Ansage zu machen." Schrie Robin in die Halle. Alle schauten ihn aufmerksam an.

„Wir haben nächsten Freitag ein Spiel gegen die Ausburger killers. Anpfiff ist um 20 Uhr. Ich habe hier eure Trikots für euch." Er holte dunkelgrüne langarm Shirts mit einem Senfgelben streifen an der Seite aus seiner Tüte hervor.

„Skyler würdest du mir kurz helfen?" Er schaute zu mir herüber. Ich ging zu ihm hin und nahm eine Tüte voll mit Trikots entgegen. Eins nach dem anderen zog ich die Trikots mit den jeweiligen Namen des spielers auf der Rückseite aus der Tasche und verteilte sie. Zum Schluss kamen die Trikots von Robin und von mir.

„Robin, hier" Ich Wurf ihm seins entgegen.

„Dankeschön, dazu tragt ihr bitte alle schwarze Hosen und weiße Turnschuhe. Und jetzt macht euch warm."

Ich lief ein paar Runden in der Turnhalle umher und holte mir dann einen Ball den ich mit einem Partner immer gegenseitig zu wurf. Das Training verlief gut, bis sich schließlich etwas ereignete, womit keiner von uns rechnete.

Wir waren grad in einem Spiel, als ich plötzlich einen lauten Schrei hörte und mich erschrocken umdrehte. Perplex schaute ich zu Boden und sah meinen Bruder Robin dort liegen.

„Robin was ist passiert?" Ich rannte zu ihm hin. Er hatte schmerzen und ganz abgesehen davon, konnte er nicht mehr aufstehen, geschweige denn laufen. An dieser Stelle war das Training beendet. Unser Vater holte uns sofort ab, brachte mich nachhause und fuhr anschließend mit Robin direkt weiter zum Krankenhaus. Nach drei Stunden waren sie immer noch nicht zurück und länger warten konnte ich nicht mehr. Ich musste los zur Arbeit.

Während meiner Schicht in der Buchhandlung ließ es mich nicht los, dass etwas ernsthaftes mit ihm sein könnte und auch nach einer weiteren Stunde warten, gab es immer noch kein Lebenszeichen. Ich versuchte mich bestmöglich auf meine Arbeit zu konzentrieren, aber das gelang mir nicht so gut an diesem Tag.

Nach meiner Schicht fuhr ich mit dem Bus nachhause und auf dem Weg zu unserem Haus, sah ich Robin und meinen Vater mit Krücken aus dem Auto aussteigen. So schnell wie ich konnte, rannte ich zu ihm hinüber und musste schnell feststellen, dass er alles andere als glücklich aussah. Sein Blick war leer und das bedeutete nichts gutes.

„Robin was ist los?" Mein Dad faste ihn an die Schulter.

„Nicht hier, Skyler wir bereden das drin." Zusammen gingen wir ins Haus und anschließend in die Küche an den Esstisch.

„Ich habe mir beim spielen die Kniescheibe gebrochen. Ich muss operiert werden. Ich werde eine lange Zeit nicht mehr spielen können. Also auch nächsten Freitag nicht." Er schaute jetzt noch trauriger, als bereits davor schon.

„Und jetzt? Wie sollen wir spielen ohne Kapitän? Ohne dich? Du bist einer unserer besten Spieler." Ich schaute ihn fragend an.

„Skyler du musst mich vertreten. Ich weiß das du das kannst."

„Wir haben kein Training mehr vor dem Spiel am Freitag Abend. Meinst du echt, ich bin eine gute Wahl?"

„Ich bin fest davon überzeugt, du schaffst das." Er holte tief Luft und sprach dann weiter. „Ich werde die anderen per WhatsApp darüber informieren. Du wirst der neue Kapitän sein. Du packst das, dass weiß ich."

„Und was ist wenn wir meinetwegen verlieren?"

„Das werden wir nicht."

Kapitel 5
Alles hat ein ende

Kurz vor 15 Uhr machte ich mich auf den Weg in den Park, wo ich mit Taylor verabredet war. Es war mittlerweile schon Sonntag und auf den Straßen war so gut, wie garnichts los.

„Taylor, schön dich zusehen. Du weißt garnicht was gestern passiert ist." sagte ich total hektisch.

„Hey nicht so hektisch, ganz ruhig."

„Tut mir leid" ich umarmte ihn und wollte mich am liebsten garnicht mehr von ihm lösen. Und dann begann es ganz plötzlich zu regnen.

„Meinst du wir gehen zu mir, bevor es noch doller wird?"

„Ja das machen wir."

Zusammen rannten wir zu mir nachhause und grade als wir den Flur betraten, sah ich meine Familie inklusive Robin am Tisch sitzen. Auf den Weg zu mir, hatte ich Taylor schon darüber informiert, was geschehen ist, aber was jetzt folgte, damit rechnete keiner.

Wir gingen zusammen in die Küche und setzten uns an den Tisch.

„Der Arzt hat nochmal angerufen."

„Und? Was hat er gesagt?"

„Skyler, ich werde erstmal nicht mehr spielen können. Vielleicht auch nie wieder." Sagte er unter Tränen. Er war ein Junge, der wirklich nie weinte, selbst damals als unser Hund gestorben war, weinte er nicht und jetzt tat er es und ich konnte es auch verstehen. Auch wenn ich keine Schmerzen hatte, tat es mir aus tiefsten Herzen weh.

„Soll ich lieber gehen?" fragte Taylor, der nicht wirklich wusste, was er tun sollte.

„Nein bleib hier." entgegnete ihm Robin.

Das Gespräch war beendet und Taylor und ich gingen rauf in mein Zimmer. Betrübt ließ ich mich auf mein Bett fallen.

„Meinst du er wird wieder spielen können?" Ich holte tief Luft und sprach dann weiter. „Irgendwann?" fragte ich Taylor komplett aufgelöst.

Er stand immer noch so da, als wie wir reingekommen waren und drückte mich nun an sich und strich mir mit seinen Händen über den Rücken.

„Er schafft das." Sagte er um mich zu beruhigen, aber wir wussten beide, dass es auch anders ausgehen könnte. Und das tat mir im Herzen weh.

Kapitel 6

Match time

Es war Freitag Abend und in noch nicht einmal einer Stunde war Anpfiff und es hieß Ausburger killers gegen AMT Royals. Und das ganz ohne Robin.

Die gesamte Schule, sogar die Jahrgänge über uns, samt der Lehrer waren hier. All unsere Freunde, meine Mutter und mein Vater und auch Taylor waren da. Und natürlich auch Robin, der bei meinen Eltern saß und sich Popcorn mit Taylor teilte.

In der Umkleide machte ich mich für das Spiel fertig und ging noch einmal alle möglichen Strategien durch. Plötzlich klopfte es an der Tür. Ich öffnete sie und sah Robin mit seinen Krücken vor mir stehen.

„Hey kann ich kurz reinkommen? Ich muss nochmal mit dir sprechen." Er wirkte bedrückt und irgendwie auch leicht ängstlich.

„Ja klar, komm rein." Ich hielt ihm die Tür auf und schloss sie, als er drin war.

„Pass auf dich auf wenn du nachher spielst, ja? Ich hab vorhin mitbekommen, dass zwei von denen einen Plan ausgelegt haben. Sie spielen nicht fair."

„Ich werde auf mich aufpassen."

„Gut ok, dann werde ich wieder zurück zu den anderen gehen, wir sehen uns draußen." Er holte kurz Luft. „Und Skyler?"

„Ja?"

„Du schaffst das, gib niemals auf."

„Danke."

Ich richtete noch kurz meine Haare und ging dann kurz vor Spielbeginn nach draußen auf das riesige Spielfeld. Man hörte die Menge schon jubeln und kreischen, bis es für einen kleinen Moment ruhiger wurde.

„Herzlich willkommen zum vierten Spiel unserer Saison. Heute treten an die Ausburger killers angeführt von ihrem Kapitän und coach Luis Danger", der Scheinwerfer wurde auf sie gerichtet und gab ein grelles weißes Licht ab, was das Spielfeld erleuchten lies.

„Gegen die AMT Royels angeführt von ihrem Kapitän Skyler Johnson."

Die Menge fing wieder an zu brüllen und zu kreischen und in diesem Moment war es so komisch meinen Namen zu hören, weil eigentlich Robin hier stehen sollte und nicht ich. Seinen Namen sollten sie rufen, nicht meinen.

Aus der Menge her raus lächelte er mir zu und gab mir ein Zeichen das es okay so war.

Unsere Mannschaft bildete einen Kreis. Wir packten jeder eine Hand in die Mitte und riefen dann zum Schlachtruf auf.

„Lasst uns zeigen wer hier der Boss ist."

Wir zogen unsere Hände in die Luft und gingen dann auf Position. Die erste Halbzeit verlief problemlos. Wir waren in Führung und das bedeutete mir eine ganze Menge. Nicht wegen der Punktzahl, sondern weil es mein erstes Spiel ohne Robin war und ich ihn nicht enttäuschen wollte. Ich wollte dass er stolz auf mich war.

In der zweiten Halbzeit beliesen wir es bei der Aufstellung, wie sich her rausstellte ein sehr großer Fehler war. Ich rannte grad auf unseren Korb zu und wollte passen als von beiden Seiten jeweils rechts und links zwei Spieler aus dem gegnerischen Team auf mich zu gerannt kamen. Die beiden waren ziemlich groß und wirkten somit auch ziemlich stark. Ich hatte also keine andere Möglichkeit, als zu hoffen, dass das gut ausging. Von der Seite sah ich nur noch, dass der eine dem anderen ein Zeichen gab und dann spürte ich nur noch den Aufprall und den Rasen unter mir. Die jubelnde Menge verstummte plötzlich und wurde ruhig. Der Schiedsrichter pfiff ab und sofort kamen die Notfall-Sanitäter auf mich zu gelaufen. In diesem Moment kamen mir Robins Worte wieder in den Sinn. „Sie spielen nicht fair." Es wiederholte sich immer und immer wieder in meinem Kopf und da hatte er eindeutig recht. Im selben Atemzug sprachen mich die Sanitäter an.

„Geht es dir gut?"

„Kannst du weiter spielen?" fragte ein anderer. Einer der Sanitäter half mir hoch.

„Ja kann weiter gehen."

„Bist du dir sicher?"

„Ja, mir geht es gut."

Noch ein bisschen neben der Spur klopfte ich den Dreck, der sich auf meiner schwarzen Hose befand ab und ging wieder auf meine richtige Position. Die

Sanitäter gingen vom Feld und gaben dem Schiedsrichter ein Zeichen, das es weiter gehen konnte. Er pfiff wieder an und in diesem Moment sah ich meine Familie und Taylor aufatmen.

Das Spiel verlief weiter und letztendlich gewannen wir mit 102 zu 77 Punkten. Zum Schluss klatschten wir uns alle ab und bedankten uns für das Spiel. Kaputt ging ich in die Umkleide und lies mich auf die Bank fallen. Es war geschafft. Wir hatten gewonnen.

Kapitel 7

Es ist okay so

Gleich nach dem Spiel zog ich mir meine anderen Schuhe an und packte meine Sachen zusammen. Den Rest belass ich so und ging dann aus der Umkleide raus. Auf dem Weg zu meiner Familie, kam mir Harry entgegen. Ein Junge mit braunem Wuschelkopf und blauen Augen.

„Super Spiel, Skyler." Er klopfte mir auf die Schulter.

„Dankeschön." bedankte ich mich verlegen und ging weiter nach draußen zu meiner Familie, die vor dem Gebäude auf mich warteten.

„Super gemacht Schwester, ich bin stolz auf dich." Robin gab mir einen High Five.

„Hast du dir bei dem Sturz etwas getan?" Fragte mich gleich, wie Mütter eben nun mal so sind, meine Mutter.

„Nein mir geht es gut." Ich holte kurz Luft, ehe ich weitersprach. „Ich hab Hunger, können wir zu McDonald's fahren?"

„Ich muss sagen, ich könnte auch eine Kleinigkeit vertragen." Mein Vater rieb sich hungrig über den Bauch.

„Okay dann verabschiede ich mich schon einmal." Taylor wollte mich grad in eine Umarmung ziehen, als mein Vater dazwischen funkte.

„Ach quatsch junge, du kommst mit." Er lächelte zu Taylor hinüber und boxte ihn leicht in den Oberarm.

„Danke." Er lächelte zurück.

„Na dann alle einsteigen."

„Nächster halt Mcs." Rief Robin hinter her.

„Dafür, dass du deine Kniescheibe gebrochen hast, hast du aber ganz schön gute Laune."

„Man muss auch mal das positive sehen. So bekomm ich alles hinter her getragen." Er zwinkerte mir zu und darauf fingen wir an zu schmunzeln.

Zusammen saßen wir als Familie bei Mcdonalds und ließen den Freitag Abend gemütlich ausklingen. Es war ein schöner Abend, nur irgendetwas schien nicht zu stimmen. Robin verhielt sich schlagartig ganz komisch und irgendwie seltsam. Er schaute die ganze Zeit zu den Leuten, die hinter uns saßen und beobachtete sie regelrecht. Als meine Eltern kurz vor die Tür gingen um etwas zu besprechen, weil sie einen anscheinend wichtigen Anruf bekommen hatten, von dem wir scheinbar nichts mitbekommen sollten, nutzte ich die Gelegenheit und sprach Robin auf sein merkwürdiges Verhalten an. Schnell schob er sich noch eine Pommes in den Mund und hielt dann seinen Finger vor dem Mund, um zu signalisieren, dass wir nicht so laut reden sollen.

Er kaute seinen letzten bissen auf und fing dann an leise zu sprechen.

„Das sind die beiden, die dich geschubst haben, Sky."
Er redete so leise, das man ihn kaum hörte und dabei beugte er sich halb über den Tisch.

„Pass auf, dein Bauch hängt in meinem Essen."
Plötzlich und ganz aus dem nichts fingen wir alle drei an zu lachen und konnten uns garnicht mehr bremsen.

„Na was ist so lustig hier?" Fragte eine noch für uns fremde Stimme, die plötzlich vor unserem Tisch stand. Fragend schauten wir erst uns und dann die beiden Jungs an.

„Ach sieh mal einer an, Skyler Johnson."

„Was wollt ihr?" Fragte Robin ernst und irgendwie wirkte er auch genervt.

„Ach garnichts, wir wollten uns nur dafür bedanken, das ihr uns den Sieg weg geschnappt habt." Das letzte sagte er in einem sehr aggressiven und lauten Tonfall. Und genau in diesem Moment holte er mit seiner Hand aus. Kurz bevor er jedoch meine Nase oder ein diverses anderes Körperteil treffen konnte, ging Taylor dazwischen und haute ihm eins auf die Nase. Grad als das geschehen war, kamen meine Eltern in den Laden und bekamen einen kleinen Schock.

„Was ist denn hier los?" Fragte meine Mutter etwas lauter und aufgebracht, als der eine der beiden Jungs vom Boden aufstand und sich von Robin Pommes klaute.

„Das war es noch nicht." Der Typ schaute uns böse an, als hätten wir irgendetwas schlimmes getan.

„Komm wir verziehen uns." Der andere zog den anderen weg und die beiden verließen den Laden.

„Robin, was ist geschehen?" Fragten sie beide aufgebracht.

„Ach die sind nur angepisst, weil sie verloren haben und damit nicht klar kommen. Können wir nachhause? Ich kann nicht mehr."

„Ja können wir." Sagte mein Dad, froh darüber das wir jetzt fahren. Doch noch mehr freute er sich, dass er jetzt kein Auto mehr fahren musste.

„Taylor, Junge wohin mit dir? Oder willst du heute bei uns schlafen?"

Taylor schaute mich grinsend an.

„Wow Dad, wie kommt es?" Ich lachte ihn an, während ich leise etwas zu Taylor rüber flüsterte.

„Ich glaub er hatte einfach ein paar Bier zu viel heute Abend."

wir lachten uns beide an und fuhren dann nachhause.

Wir machten uns noch einen entspannten Abend und schauten uns einen Film an, bis wir irgendwann in der Nacht aneinander gekuschelt einschliefen.

Kapitel 8
Mach kein Drama, du bist nicht Shakespeare

Nach einem entspannten Wochenende und einen erfolgreichen Sieg am Freitag Abend, stand nun heute die Rollenverteilung unseres diesjährigen Theaterstückes an. Dieses Jahr sollte es also das stehts bekannte Drama „Romeo und Julia" von William Shakespeare sein. Allerdings hatte ich nicht vor eine Rolle zu übernehmen, sondern mich eher um die Kostüme und die Maske zu kümmern. Es bereitete mir mehr Freude, als auf der Bühne zu stehen. Es macht mich nicht so mega nervös.

Nach unserer Erdkunde Stunde trafen wir uns in der Aula unserer Schule. Ich nahm auf einen roten Stuhl, neben meiner Mitschülerin Lara platz und wartete bis eine Lehrkraft das Wort ergriff.

„Guten Tag liebe Schülerinnen und Schüler und Herzlich Willkommen zum diesjährigen Erst-treff unserer Theatergruppe. Unser diesjähriges Theater Projekt wird auf eine Woche bezogen sein, also haben wir nicht viel Zeit."

Alle begannen zu klatschten.

„Unser diesjähriges Projekt läuft über den Namen „Romeo und Julia." Ich bitte nach einander sich für die

Rollen zu melden." Gerade als sie fertig war mit reden, flüsterte Lara etwas zu mir rüber.

„Ich möchte auf jeden Fall Julia spielen und du?"

„Ahh ich halte mich da lieber im Hintergrund und kümmere mich um die Kostüme und die Maske." Ich lächelte sie an.

„Also machen wir doch die spannensten und wichtigsten Rollen zuerst." Rief einer meiner Mitschüler dazwischen.

„Nein, beim Theaterspielen geht es nicht darum ob man eine wichtige oder eine spannende Rolle spielt, alle Rollen sind nämlich wichtig." Unsere Lehrerin ging auf der Bühne auf und ab. „Es geht darum die anderen nicht hängen zu lassen und jeden Tag das beste aus sich her raus zu holen. In einem Team zu arbeiten. Das ist das einzige was wirklich zählt." Sie holte tief Luft. „Und nun an die Arbeit, wir haben ein Theaterstück vorzubereiten und dafür nicht viel Zeit."

Alle Rollen waren verteilt und da klingelte es auch schon zur Mittagspause.

„Ich bin so glücklich, dass ich Julia spielen kann." Sagte Lara, die die Rolle ergattern konnte, als wir zur Tür hinaus gingen.

„Ich freu mich sehr für dich, aber es wird schon alles ziemlich stressig. Gut das wir ab morgen keinen Unterricht mehr haben und komplett am Projekt arbeiten können."

„Sehen wir uns gleich in Mathe?"

„Nein, ich muss heute früher los, weil meine Schicht in der Buchhandlung vorverlegt wurde. Aber unser Mathe Lehrer weiß Bescheid und hat gesagt das es in Ordnung geht. Schickst du mir später die Aufgaben?"

„Ja na klar, dann noch viel spaß!"

„Gleichfalls." Wir umarmten uns noch schnell und dann eilte ich zu meinem Fahrrad, damit ich rechtzeitig in der Buchhandlung an kam.

Im Laden war heute alles ziemlich ruhig und wirklich viel Ansturm war nicht grade. Ich hatte auch nicht wirklich viele Kunden, aber dafür ein sehr gutes Trinkgeld und ein tolles Gespräch mit Regina.

Nach meiner Schicht kam ich gegen Spätnachmittag nachhause und musste schnell feststellen, dass alles andere als gute Laune herrschte.

„Ich bin zuhause, wo seid ihr denn alle." Ich betrat das Wohnzimmer und sah meinen Vater und Robin auf der Couch sitzen.

„Ist irgendetwas passiert?"

Ehe mir jemand antworten konnte, stürmte meine Mutter mit einem großen Koffer die Treppen hinunter.

„Hast du deinen Reisepass Schatz?" fragte sie eilig meinen Vater.

„Moment Moment, kann mir vielleicht jemand mal sagen was eigentlich los ist?"

„Dein Vater und ich müssen nach New Jersey fliegen. Deine Tante liegt im Krankenhaus. Sie hatte einen schweren Autounfall." Sie holte hastig Luft, ehe sie weitersprach. „Du und Robin könnt ja ein paar Tage auf euch selbst aufpassen. Ihr seid alt genug." Ergänzte sie und stopfte dann hastig weitere Klamotten in ihren Koffer.

„Ich lege euch hier 200 Euro hin. Ich denke das reicht für eine Woche, falls ihr noch etwas braucht, Robin hat ja Zugang zu unserem Familienkonto. Aber wirklich nur im größten Notfall benutzen."

„Und was ist mit der Theateraufführung am Freitag? Ihr hattet gesagt, das ihr dieses Mal kommen wollt."

„Es tut mir leid, Skyler, aber das schaffen wir nicht." sagte mein Vater mit einem betrübten Gesicht und schaute erst mich und dann Robin an.

„Robin kommt bestimmt gern."

Robin lächelte zu mir her rüber. „Natürlich komme ich gern."

Nachdem sich unsere Eltern gegen Abend aus dem Staub machten und zum Flughafen fuhren, entschieden Robin und ich uns dazu zusammen Abend zu essen.

Robin saß am Tisch und spielte an seinem Handy, als ich grad die Nudeln abgoss.

„Oh Skyler, ich hab Neuigkeiten."

„Was gibt es neues?"

„In drei Wochen ist das große homecoming Spiel. New Jersey gegen Amsterdam."

„In drei Wochen schon?" ich schaute ihn entsetzt an und kippte mir dabei heißes Nudelwasser über meine Hand.

„Fuck, warum passiert mir das immer."

Robin lachte und sprach dann weiter. „Jap Freitag in drei Wochen. Und ich denke nicht, dass ich bis dahin wieder fit bin, geschweige denn wieder spielen kann. Ich habe immer noch tierische schmerzen." Er fasste sich an sein Knie. „Aber ich bin mir ziemlich sicher, dass du das und die anderen das schafft."

„Hm."

„Aber nun zum wichtigen Thema. Was ist mit dir und Taylor?" seid ihr jetzt endlich zusammen?"

Tja diese Frage stelle ich mich auch. Sind wir zusammen oder sind wir es nicht? Ich hab keine Ahnung und genau das, sagte ich ihm dann auch.

„Ich hab keine Ahnung."

„Du weißt es nicht? Dann solltest du darüber mal mit ihm sprechen nicht wahr?"

„Du hast recht, das sollte ich tun." Mittlerweile hatte ich begonnen jedem von uns eine Portion Nudeln auf zutun. Und im Anschluss daran, schrieb ich Taylor eine Nachricht, ob er heute noch Zeit hätte, weil ich mit ihm reden müsste. Es dauerte eine kleine Ewigkeit bis er antwortete, aber immerhin antwortete er.

Worüber möchtest du denn reden?

Über uns? Wir könnten uns im Park treffen und einfach sprechen.

Ich ruf dich später an, ja? Ich bin noch auf Arbeit.

Ich packte mein Handy zur Seite und begann nun auch endlich zu essen, bevor es noch weiter kalt wird.

Eine ganze Stunde war vergangen und mittlerweile müsste Taylor Feierabend haben, aber er meldete sich nicht. Auch nach einer weiteren halben Stunde kam nichts. Schließlich entschied ich mich dazu ihn anzurufen. Ich ging in meine Kontaktliste und wählte anschließend seine Nummer.

„Guten Tag, sie sind verbunden mit der Mobilfunkbox vo-" ehe die Stimme weiter sprechen konnte, legte ich auf. Es ging nur die Mailbox ran. Enttäuscht ließ ich meinen Arm mit samt meinem Handy zu Boden sinken. Es war alles wie immer. Nichts hatte sich verändert.

Kapitel 8.1

Alles ist wie immer

Am nächsten Morgen war das erste was ich tat auf mein Handy zu schauen und nachzusehen, ob er sich bei mir gemeldet hatte, denn aus Erfahrung wusste ich, dass er meistens nachts schrieb.

Sry ich bin eingeschlafen. Kannst du heute?

Ich hab Theaterprobe bis nachmittags, aber danach könnte ich, ja.

Ich legte mein Handy wieder zur Seite und packte dann meine Schulsachen zusammen. Beziehungsweise die Sachen, die wir heute in der Schule brauchten. Alte Kostüme, Schminke, anderes Verkleidungszeug und Requisiten. Ganz normale Schulsachen eben.

Unten in der Küche wartete schon Robin mit dem Frühstück auf mich.

„Mum und Dad sind gut gelandet. Ich soll dich schön grüßen." Er schaufelte sich einen großen Loffel Cornflakes in seinen Mund.

„Das freut mich." Ich holte mir einen Löffel aus einer der vielen Schubladen.

„Bei mir wird es heute ein bisschen später. Wir haben heute den ganzen Tag Theaterprobe. Aber das ist allerdings viel besser, als das normale Dienstags-Standart Programm."

„Gut ok dann weiß ich Bescheid. Vielleicht kommen nach der Schule noch paar Kollegen zu uns mit und wir zocken ein bisschen, ich weiß aber noch nicht."

Nach dem Frühstück machten wir uns auf den Weg zur Schule.

Dort angekommen ging ich erstmal zu meinem Schließfach und schloss ein paar meiner Sachen ein. Anschließend suchte ich den Theatersaal auf und wartete dort auf meine Mitschüler. Es dauerte nicht lang und im nu waren alle, plus unsere Lehrkraft in dem großen Saal versammelt.

„Wir teilen uns heute in zwei Gruppen auf. Die eine, die sich um das Stück kümmert und die anderen, die sich um das Bühnenbild, Maske und Kostüme kümmern." Die Lehrerin holte aus ihrer Tasche ein Stapel voll mit Papieren. „Gruppe Nummer zwei, ihr könnt euch erstmal an den Rand setzten und holt was zum Schreiben raus, damit ihr Notizen machen könnt. Für die anderen habe ich hier eure Manuskripte."

Sie reichte jedem der angehenden Schauspieler ein Manuskript entgegen. „Nach der ersten Stunde tragen wir eure Ideen und Eindrücke zusammen. Dann gutes gelingen." Sie ging von der Bühne runter und setzte sich in die erste Reihe, um Regie Anweisungen zugeben.

„Meinst du, ich kann mal eben schnell an mein Handy schauen?" fragte ich Jason, der neben mir saß und sich anders, als andere Jungs für Make-Up und Co. Interessierte. Jason war schwul und einer der besten Freunde, die man sich nur wünschen konnte. Jedenfalls wenn man so wie ich war und jedes noch so kleinste bisschen an Menschen schätzte. Unauffällig nahm ich mein Handy aus meiner Hosentasche und schaltete den Flugmodus aus, den ich sonst immer an hatte, da mein Akku immer ziemlich schnell runter ging. Mein Handy war zwar noch garnicht so alt, aber dafür war der Akku ziemlich hinüber. Auch wenn meine Eltern ziemlich viel Geld haben, heißt es nicht, dass mein Bruder und ich sofort ein neues Handy bekommen oder so, nur weil die Technik meint zu versagen. wir bekommen viel, aber nicht alles.

Ein leises Ding ertönte aus meinem Handy.

„Fuck ich habe vergessen den Ton auszuschalten." Fluchte ich leise.

Jason musste lachen.

In der Hoffnung das die Lehrerin nichts gehört hatte, was sie auch tatsächlich nicht hatte, hielt ich mein Handy noch ein kleines Stück weiter nach unten und sah dann, das Taylor mir geschrieben hatte.

19:00 Uhr im Park?

Ja 19:00 Uhr im Park

Nachdem ich schnell etwas zurück getippt hatte, packte ich mein Handy wieder dort hin, wo es jetzt grade auch hin gehörte und machte mir weitere Notizen.

Nach der Schule fuhr ich am späten Nachmittag mit meinem Fahrrad zurück nachhause, allerdings wurde ich auf dem Weg dorthin aufgehalten. Plötzlich ging mein Licht aus und ich sah nur noch kaum etwas. Ich stieg ab und schaute nach wo der Fehler lag, allerdings konnte ich weder einen Fehler noch sonst irgendetwas entdecken. Ich entschied mich schließlich für die sichere Variante und schob mein Fahrrad den Rest des weges nachhause. Safety first.

Zuhause angekommen aß ich schnell eine Kleinigkeit und machte mich dann noch schnell auf den Weg in einen Supermarkt um etwas einkaufen, ehe ich mich dann auf dem Weg zu unseren Treffpunkt machte.

Zu meiner Überraschung war diesmal nicht ich diejenige, die als erstes da war, sondern Taylor. Mit einem Lächeln im Gesicht ging ich zu ihm hin und setzte mich neben ihn auf die Bank.

„Hey, du wolltest reden, jetzt bin ich hier."

„Hey, freut mich auch dich zusehen." Ich verdrehte leicht die Augen. „Also wie ist das jetzt mit uns beiden?"

„Was soll sein?" er grinste.

Dieser Junge ist echt schwer von Begriff. „Och jetzt tu nicht so. du weißt genau was ich meine."

Er kam näher und küsste mich. „Was meinst du denn?" er grinste wieder.

„Kann ich dich meinen Freund nennen?"

„Ja das kannst du." Er setzte ein weiteres Grinsen auf und küsste mich dann wieder. Nun waren wir offiziell zusammen und was das alles mit sich brachte, das ahnte da noch niemand.

Kapitel 9

Es kommt nie so, wie es eigentlich sollte

Die letzten beiden Tage waren ziemlich stressig um ehrlich zu sein. Ich war von morgens bis Abends eigentlich komplett nur noch in der Schule. Selbst meine Arbeit habe ich aus zeitlichen gründen absagen müssen und habe mich mit den anderen gekümmert, die Kostüme und die Maske für die Aufführung fertig zu machen. Selbst ein nahezu perfektes Bühnenbild hatten wir auf die Beine gestellt. Auch wenn es nicht unbedingt das coolste war, fast den kompletten Tag in der Schule zu verbringen, so macht es sich doch später gut in meiner College-Bewerbung. Es gab nur einen kleinen Hacken bei der ganzen Sache. Emily, die eigentlich eine Freundin von Julia im Theaterstück spielte, war erkrankt und somit mussten wir schnell Ersatz für sie finden. Es wäre auch garnicht so schwer gewesen jemanden zu finden, wenn nicht alle so eine ablehnde-Haltung gehabt hätten. Und schließlich lief es, wie zu erwarten darauf hinaus, dass ich ihre Rolle übernahm.

11:36 Uhr, ich starte auf die Uhr und musste feststellen, das mir nur noch weniger, als vier Stunden blieben um ihren kompletten Text auswendig zu lernen. Um 15:00 Uhr war die Generalprobe angesetzt und um 18:00 Uhr sollte dann auch schon der Einlass beginnen, ehe es dann um 19:00 Uhr mit der Vorführung weitergehen sollte. Blieb also noch genug Zeit um den Text relativ gut auswendig zu lernen.

Zwei Stunden später und ich hockte immer noch in meiner Ecke hinter der Bühne, eingekuschelt in einer grauen Fleecedecke und versuchte noch den letzten Rest Text in mich hinein zu prügeln.

Mittlerweile hatten schon alle anderen Schluss. Nur noch unsere Theatergruppe war hier überall in der Aula versammelt. Auch Robin war auf den weg hier her, was er mir auf WhatsApp schrieb.

Ich war komplett in mein Manuskript vertieft und bekam eigentlich so gut wie gar nichts mehr richtig mit, bis ganz plötzlich jemand ein Stückchen des dunkel roten Vorhanges aufzog und Robin und Taylor, die auf der Bühne standen sichtbar wurden.

„Skyler skyler Skyler, was machst du bloß hier?" Robin lachte, während sich Taylor nach unten beugte und mir einen Kuss auf den Mund gab.

„Hey Babe."

„Hey, schön euch zusehen."

„Wie lang sitzt du schon da unten?"

„Ach nur so ein paar Stunden. Vier oder so." Ich ließ die Blätter zu Boden fallen und lehnte meinen Kopf gegen die Wand.

„Ich bin so müde."

„Ich hab dir einen Kaffee mitgebracht." Taylor lächelte.

„Von Starbucks selbstverständlich." Ergänzte er.

„Du bist ein Schatz, Dankeschön."

Während der ganzen Zeit, die ich hier saß hatte ich das trinken völlig vergessen und war sehr dankbar, dass er mir einen Kaffee mitbrachte. Dankend nahm ich den Kaffee entgegen.

Nachdem ich einen kleinen Schluck abgetrunken hatte, sprach ich weiter. „Was ist eigentlich bezüglich heute Abend? Kommt ihr zu der Aufführung?"

„Logo, ist doch eigentlich selbstverständlich oder? Und jetzt mach bitte erstmal eine Pause. Was jetzt nicht drin ist, geht auch jetzt nicht mehr rein." Sagte Robin in einem ernsten Tonfall zu mir.

„Da muss ich dir wohl recht geben." Ich legte die Blätter ordentlich zusammen und stand dann langsam auf.

„Vom ganzen sitzen bin ich so unfassbar müde geworden. Können wir ein bisschen rumgehen?"

„Ja, das halte ich auch für eine gute Idee." sagte nun ganz plötzlich eine Stimme hinter uns.

„Wir drehten uns um und Jason, mit dem ich zusammen die Maske und Kostüme machte, stand hinter uns.

„Skyler du brauchst echt mal eine Pause, du hast seit Stunden nichts anderes mehr getan, außer diesen Text zu lesen. Und das immer und immer wieder." Äußerte sich Jason zu dem Thema.

„Ja, ich werde einen Moment an die Frische Luft gehen und dann werde ich weiter lernen." Ich holte tief Luft.

„Wie soll ich das bloß bis heute Abend schaffen? Ich kann die hälfte des Textes immer noch nicht auswendig."

„Ganz ruhig, das wird schon. Und zur Not improvisierst du einfach."

„Haha sehr lustig Robin. Ich mach dir einen Vorschlag. Wie wäre es wenn du anstelle von mir auftrittst? Das wäre doch bestimmt lustig." Ich zwinkerte ihm zu.

„Ne ne, das überlasse ich lieber denen, die das können. Sonst wird das ganze noch ein Reinfall."

„Aber wenn ich improvisier wird es kein Reinfall oder was?" Ich schaute ihn fragend an.

„Weil du den Text kannst, Skyler."

„Schluss mit der Diskussion, wir gehen jetzt einen Moment raus und schnappen frische Luft.

Nach einer kleinen Erholungspause, in der wir alle neue Energie tankten, ging ich mit meinem Text in der Hand in die Maske und versuchte einen Moment abzuschalten, bis plötzlich ein lautes schrilles Geräusch ertönte.

„Oh sorry, das ist mein neuer Klingelton", sagte Robin verlegen und holte sein schrill klingelndes Telefon aus seiner Hosentasche.

„Oh es sind Mum und Dad." Er hielt das Telefon vor sein Gesicht. Anscheinend war es ein face-time Anruf.

„Hey Robin, na wie geht es euch? Ist Skyler bei dir?"
Er sagte nichts und schwenkte sein Handy auf mich rüber. Ich streckte meine Hände aus und nahm sein Handy entgegen.

„Hallöchen." Ich winkte.

„Na bei euch alles gut?"

„Ja alles super und bei euch?"

„Auch, eurer Tante geht es schon wieder deutlich besser und kann bald aus dem Krankenhaus entlassen werden." Meine Mutter lächelte.

„Robin hat uns schon erzählt, dass du für jemanden einspringen musst. Viel Glück Skyler und tut uns wirklich leid, das wir heute nicht dabei sein können", ergänzte mein Vater.

„Ach macht nichts, ist schon okay so." Das sagte ich, aber meinte es ganz und garnicht so. es war nicht okay so, aber ich konnte es nicht ändern. Es war immer so, wenn es um familäre-Aktivitäten ging.

„Wir kommen am Dienstag wieder, haben euch lieb."

„Wir euch auch."

Ich lag auf und gab Robin sein Handy zurück und nahm dann meine Blätter in die Hand um den restlichen Text zu lernen. Anschließend folgte die Generalprobe, die an sich nicht sehr gut verlief. Einer fiel hin, der andere stotterte vor Aufregung und der andere vergass sein Text. Und genau dieser jemand war ich.

Die Aula füllte sich. Es wurde immer voller und voller. Auch Taylor und Robin hatten sich mittlerweile unter die Leute gemischt und waren auf ihren Plätzen. Und dann ging es los.

„Du kannst das, Skyler!" Wiederholte ich immer und immer wieder in meinem Kopf, bis es schließlich nicht mehr ging. Und dann im entscheidenen Moment, war alles ganz normal. Ich trat auf, als hätte ich nie etwas anderes getan. Plötzlich war alles ganz einfach. Die

Sachen die am Anfang doch so schwierig erschienen, waren es garnicht. Ich hatte mir den Kopf völlig umsonst gemacht. Mal wieder.

Nachdem Theaterstück klatschten alle wie verrückt und bejubelten uns, als hätten wir irgendetwas großartiges vollbracht. Alle nebeneinander gereiht und jeder eine Hand des jeweils anderen in der Hand standen wir auf der Bühne und verbeugten uns. Meine 1 in Geschichte, sowie in Theater und soziales Engermant sollte mir sicher sein. Ich lächelte in die Menge.

Nachdem sich langsam alles ein wenig beruhigte und ein paar der Menschen schon zum gehen aufbrachen, suchte ich in der Menge nach Taylor und Robin. Während der suche kam mir eine Frau mit Champagner und gläsern entgegen.

„Möchten sie auch einen Schluck Champagner?"

„Nein danke, ich habe morgen noch ein wichtiges Training und kann deshalb keinen Alkohol zu mir nehmen, wenn sie verstehen was ich meine."

„Na gut ok." Sie lächelte mich gezwungner maßen an.

Ich ging den Gang weiter entlang und sah die beiden Jungs dann in einer Ecke rumstehen. Die beiden unterhielten sich mit einem Mädchen.

„Können wir nachhause? Wir müssen morgen früh raus und ich kann nicht mehr." Unterbrach ich die beiden die mitten in dem Gespräch mit dem Mädchen waren. Ich schaute geduldig auf die Uhr. Es war mittlerweile halb elf.

„Ja, wir hauen sofort ab, ich muss nur noch kurz zu meinem Schließfach", sagte Robin und eilte dann auch schon los.

„Kommst du, Taylor?" Ich signalisierte ihm, dass ich jetzt gehen möchte.

„Ja klar doch." Er nahm meine Hand und wir gingen ein paar Schritte von dem Mädchen weg.

„Wer war das?" fragte ich neugierig.

„Ist da etwa wer eifersüchtig?" Er grinste zu mir rüber.

„Ich und eifersüchtig? Nein ganz sicher nicht."

„Na gut, dann nicht." Er blieb stehen, zog mich mit seiner Hand zurück und küsste mich dann. Als wir uns lösten schauten wir uns verliebt an.

„Ich habe nur Augen für dich, Skyler Johnson."

„Und ich nur für dich, Standel."

wir lächelten uns an.

Kapitel 10

Home Run

Mein Wecker klingelte und riss mich um grade einmal 08:00 Uhr morgens an einem Samstag aus dem Bett. An diesem Tag viel es mir so extrem schwer aufzustehen. Ich war einfach so müde vom gestrigen Tag.

Eher weniger freiwillig stand ich auf und machte mich für den Tag fertig. Heute stand wieder einmal Basketball-Training auf dem Plan. Nicht mein erstes, aber mein erstes als Kapitän.

In der Turnhalle angekommen, trommelte ich alle zusammen und im nu versammelten sich alle in der Mitte der Halle.

„Herzlich willkommen zum diesjährigen Home Run. Mit Stolz kann ich verkünden, dadurch das wir das letzte Spiel gewonnen haben, das wir dieses Jahr der Gastgeber für das diesjährige homecoming spiel sein werden."

Alle klatschten. „Und das auch schon recht bald schon.

In zwei Wochen spielen wir gegen das beste Team aus New Jersey." Ich holte tief Luft.

„Und dieses Spiel dürfen wir nicht verlieren."

Alle jubelten.

„Die Team-Aufstellung besprechen wir dann. Jetzt wird erstmal trainiert."

Nach einem sehr gelungen Training fuhr ich gegen frühen Mittag nachhause und ging mir erstmal den Stress des gestrigen Tages und heutigen vormittags abduschen. Anschließend räumte ich mein Zimmer auf und legte mich dann für einen Moment in mein Bett.

Das Leben war schon eine Komische Sache. So viele Dinge passieren, die wir nicht verstehen. Und keiner, auch wirklich keiner weiß, warum es an manchen tagen so schwierig ist und an anderen wieder rum so leicht. Das Leben ist ein Spiel. Manche Gewinnen und andere verlieren. So ist das und so wird es immer sein. Und in gewisser Hinsicht hat das Leben auch Nebenwirkungen.

Kapitel 11

Es ist nicht alles so, wie man vielleicht denkt

Drei Tage waren vergangen und nun kamen heute Mittag endlich unsere Eltern aus New Jersey wieder. Ich freute mich sehr, dass sie heute wieder kamen. Nicht nur aus dem Grund, weil ich dann nicht mehr für Robin kochen musste, sondern auch, weil ich sie auch echt vermisst hatte.

Als Robin und ich gegen 14:00 Uhr von der Schule heim kamen, warteten unsere Eltern schon gespannt auf uns. Sofort fielen sie uns um den Hals.

„Schön euch wieder zusehen. Bei Oma und Opa alles gut?"

„Denen geht es bestens", sagte meine Mutter, die bis über beide Augen strahlte.

„Ich habe eine tolle Idee, was wir heute Abend machen." Mein Vater grinste.

„Wir kochen etwas schönes und Skyler, du kannst deinen Freund Taylor zu uns einladen." Er holte kurz Luft. „Er ist doch dein Freund oder?"

„Ja." Ich lachte verlegen.

„Schön, dann lernen wir ihn auch mal etwas genauer kennen."

Ich unterhielt mich noch kurz mit meinen Eltern weiter und ging dann hoch in mein Zimmer um mein Handy zu holen und Taylor eine Nachricht zu schreiben.

Hey Taylor, magst du heute Abend zum Essen vorbeikommen?

Tippte ich in mein Handy ein, während ich die Treppe hinunter ging. Schnell merkte ich, dass ich mehr auf die Treppen, als auf mein Handy achten sollte und hielt mein Handy dann in meiner Hand baumelnd nach unten. Nachdem ich die Nachricht abgeschickt hatte, dauerte es nicht lang und eine Nachricht von Taylor erreichte mich.

Klar Babe, wie viel Uhr denn?

Magst du schon gegen 18:00 Uhr vorbei kommen? Ich denke mal wir essen so gegen 19:00 Uhr

Dann bin ich um 18:00 Uhr bei dir ;)

Den restlichen Nachmittag beschäftigte ich mich mit aufräumen meines Zimmers und war dann anschließend noch mit meiner Mutter alles für das Abendessen einkaufen. Wir hatten uns für Ratatouille mit Reis für den Hauptgang entschieden und zum Nachtisch sollte es selbst gemachten veganen Vanillepudding geben.
Ich half meiner Mutter mit den Vorbereitungen und ging dann in mein Zimmer um mich ein wenig schick zu machen. Ich entschied mich für eine weiße Oversized Bluse mit roten und blauen Streifen, dazu einer

schwarzen skinny jeans und meinen weißen reeboks. Sie gehörten einfach zu mir, wie meine Hand zu meinem Körper. Anschließend kämmte ich noch einmal meine Haare durch, bis es dann schließlich gegen 18:00 Uhr an der Tür klingelte.

„Ich mach schon auf." Ich rannte die Treppen zur Tür hinunter und registrierte dabei die Blicke von Robin und auch meinem Vater. Und natürlich durfte eine blöde Bemerkung nicht fehlen.

Oh oh, aber nicht das ich noch Opa werde."

„PAPA!" Ich schaute ihn schockiert an.

„War doch nur ein Spaß." Er ging in die Küche und ich öffnete die Haustür. Vor mir stand Taylor in einer dunkelblauen Jeans, einem schwarzen Hemd und seinen Schwarzen Nike Turnschuhen.

„Du siehst gut aus, Johnson." Sagte er, als ich ihm gegenüber stand.

„Du auch, Standel." Verlegen schauten wir uns beide an, ehe er mich leicht gegen den Türrahmen drückte und mich leidenschaftlich küsste. Als wir uns lösten schaute ich nach unten zu seiner Hand. Er hatte einen Blumenstrauß und Pralinen dabei.

„Das ist nicht für dich. Das ist für deine Eltern." Sagte er, als ihm auffiel, dass ich auf seine Hand schaute.

„Aber keine Sorge, ich habe auch noch was für dich, aber das kann ich dir nicht hier geben."

„Ahja." wir fingen an zu lachen.

„Wollt ihr nicht langsam mal reinkommen? Das Essen ist fertig!" Hörte man meinen Dad aus der Küche brüllen. Wir mussten noch mehr lachen.

„Komm mit." Ich nahm seine Hand und zog ihn durch den Flur in die Küche hinein. Am Esstisch saßen bereits meine Eltern, sowie auch mein Bruder Robin.

„Guten Abend." er ging mit den Blumenstrauß und den Pralinen auf meine Mutter zu und man konnte in den Augen meiner Mutter sehen, wie sehr sie sich darüber freute.

„Mrs. Johnson." Er überreichte ihr die Blumen und die Pralinen und ehe Taylor sich versah, hatte meine Mutter ihn in eine Umarmung gezogen.

„Das ist sehr lieb von dir, Taylor." Sie schnupperte an den Blumen. „Da Könnte sich mein Mann ein Beispiel dran nehmen." Sie schaute zu meinem Vater hinüber.

„Ich bin übrings, Melanie."

„Mr. Johnson." Taylor reichte ihm die Hand hinüber.

„Für dich Ben, Junge."

„Hey Robin", begrüßte Taylor nun auch ihn. Die beiden gaben sich einen Handschlag.

„Hey, was geht?"

„Ach alles gut soweit und bei dir?"

„Bei mir auch."

„Dürfte ich einmal deinen Teller bekommen, Taylor." Fragte meine Mutter und streckte ihrem Arm schon nach den Teller aus.

„Ja natürlich, Danke."

Er reichte ihr den Teller und sie befüllte ihn mit dem herrlich duftenden Essen.

Nachdem sie auch allen anderen etwas aufgetan hatte, setzte sie sich zu uns an den Tisch.

„Taylor Junge, erzähl etwas von dir." bat ihn mein Vater.

Verlegen begann er zu erzählen. „Ich lese sehr gern und gehe unglaublich gern spazieren." Er lächelte zu mir her rüber. „Und ich verbringe gern Zeit mit Skyler", ergänzte er.

„Kommt ihr eigentlich zum Homecoming?" fragte ich hoffnungsvoll meine Eltern und stocherte mit meiner Gabel in meinem Essen herum.

„Der ist Freitag in zwei Wochen oder?" Fragte meine Mutter.

„Ja, ich würde mich freuen wenn ihr kommen würdet auch wenn ich selbst nicht spiele." Sagte Robin dazwischen.

Meine Eltern schauten sich fragend an. „Wir werden uns diesen Tag frei halten."

„Danke Dad." Ich sprang über glücklich auf und umarmte ihn um den Hals.

„Das Essen schmeckt übrings sehr gut, Mrs. Johnson." Er machte eine kurze Denkpause. „Ähm ich mein, Melanie." lobte Taylor das Essen meiner Mutter.

„Das freut mich sehr, Taylor, Dankeschön." Antwortete sie mit einem Lächeln im Gesicht.

Nachdem Essen halfen wir noch beim abräumen und verzogen uns dann in mein Zimmer.

Taylor machte es sich in meinem Bett bequem, während dessen ich in meinem Zimmer auf und ab lief und Sachen von hier nach dort räumte.

„Weißt du, ich hoffe das meine Eltern das mit dem homecoming ernst meinen und dann auch wirklich hin kommen und zu schauen." Sagte ich leicht aufgebraucht. „Ich will nicht dass es nur schon wieder nur so dahin gesagt war."

„Das wird es nicht, Skyler. Ganz sicher." Er machte eine Denkpause. „Ich schaue dich die ganze Zeit an."

ich blieb stehen und schaute zu ihm. Er schaute mich an.

„Möchtest du nicht zu mir kommen?" Er grinste.

Mit einem Lächeln im Gesicht ging ich zu ihm hin und ließ mich neben ihn auf mein Bett fallen. Er beugte sich über mich und küsste mich dann. Wir blieben so eine ganze Weile, bis wir einfach nur kuschelnd so da lagen.

„Was ist eigentlich aus der Sache mit deiner Ex geworden?" Fragte ich ihn neugierig, als mir der Hauptgrund, warum wir damals nicht zusammen sein konnten, wieder in den Sinn kam.

„Was interessiert dich das plötzlich?" Etwas aufgewühlt setzte er sich auf.

„Naja deshalb konnten wir ja damals nicht zusammen sein. Du meintest du fängst nichts Neues an, solang das nicht geklärt ist. Also naja das wegen den Geld-Anschuldigungen halt."

„Ja, Skyler, aber es war ja nicht nur deswegen. Ich hatte einfach Angst, dass es sich wiederholen könnte. Aber als ich merkte, dass ich ohne dich nicht zu recht komme, habe ich meine Gefühle nicht länger unter drückt." Er holte tief Luft. „Das mit meiner Ex hat sich immer noch nicht ganz geklärt." Sagte er nun leicht bedrückt.

„Was soll das heißen?"

„Ich habe eingewilligt, dass ich das Geld zurück zahle."

„Du hast was? Aber du hast es doch garnicht genommen!" Jetzt wurde ich ein bisschen lauter.

„Skyler, es ist nicht wichtig. Ich werde es zurück zahlen und dann ist alles in Ordnung." Er stand auf und zog sich seine Schuhe an.

„Taylor, wo willst du hin?"

„Es ist spät, ich muss morgen arbeiten." Er ging zur Tür. „Wir sehen uns morgen." sagte er noch, bevor er auf dem Flur verschwand.

Sofort sprang ich auf und lief ihm die Treppe hinunter hinter her.

„Taylor, jetzt warte doch", rief ich ihm hinter her.

Meine Eltern schauten von der Küche aus zu uns.

„Wir sehen uns morgen." Und schon war er aus der Tür verschwunden. Ich machte sie zu und blieb ein paar Zentimeter von der Tür entfernt auf der Stelle stehen.

„Alles gut?" Fragte meine Mutter vorsichtig aus der Küche aus.

„Ja, alles bestens." Ich ging die Treppen wieder hinauf um jeglichen Gesprächen aus dem weg zugehen. Darüber zu reden, war das letzte was ich jetzt wollte. Ich wollte nur noch in mein Bett und schlafen. Und da war sie wieder. Die schwarze große Qualle. Das Ding, was mir den Schlaf raubte und mir negative Dinge versuchte einzutrichtern. Doch dieses Mal sollte sie nicht gewinnen. Nicht noch einmal.

Kapitel 12

Die Liebe und andere böse Dinge

In einem Buch über Persöhnlichkeitsstörungen und mittel schwere Depressive-Episoden hatte ich gelesen, das es helfen soll, das was einen grad negativ belastet auf einen Zettel zu schreiben und das Gegenteil auf die gegenüber liegende Seite zu formulieren. Ich hatte es bereits einige Male schon versucht, aber wirklich geholfen hatte es nicht. Allerdings war aufgeben keine Option. Nicht noch ein weiteres mal.

Ich wollte nur normal mit Taylor sprechen und er flippt gleich aus. Dabei hatte ich ihm überhaupt nichts getan. Ich verstand nicht, warum er gleich so ausfallend wurde und dann einfach abhaute. Ich hatte ja nichts verkehrt gemacht. Und ich glaube ich habe ein Recht daran zu erfahren, was da lief.

Noch am selben Abend schrieb er mir eine Nachricht und entschuldigte sich für sein Verhalten.

Sry ich wollte nur jetzt nicht darüber sprechen. Dieses Thema macht mich total aggressiv.

Aber warum willst du ihr das Geld zurück zahlen, wenn du es doch garnicht genommen hast?

Damit sie endlich Ruhe gibt.

Und woher willst du das Geld nehmen?

Ich weiß es ehrlich gesagt nicht.

Wie du weißt es nicht? Du musst doch einen Plan haben

Nein, ich habe keinen.

Ich legte mein Handy an die Seite und legte mich in mein Bett. Dieses Mal aber weinte ich mich nicht in den Schlaf, sondern schlief einfach ruhig ein.

Am nächsten Tag trafen Taylor und ich uns nach der Schule in einem Café und redeten nochmal über alles.

„Skyler, ich muss dir noch etwas sagen", sagte er plötzlich ganz ruhig.

Ich nahm einen kleinen schluck von meinem heißen Karamell Kaffee und schaute gespannt zu ihm. „Was musst du mir sagen?" Sagte ich, als ich meine Tasse wieder abgesetzt hatte.

„Ich habe 2000 Euro bereits überwiesen."

„Du hast was?" ich verschluckte mich fast an meinem Schluck Kaffee in meinem Mund.

„Es sind nur insgesamt 6000 Euro die ich zahlen soll. Fehlen nur noch 4000 Euro."

„Ich kann Mathe, Taylor. Ich bin zwar blond, aber nicht unbedingt blöd."

„Ich weiß, Skyler, das habe ich auch nie behauptet." Er holte tief Luft.

„Ich brauche 4000 Euro und das möglichst sofort. Wo soll ich bloß das Geld hernehmen?" Er stützte seinen kopf mit seinen Händen ab.

„Das hättest du dir überlegen müssen, bevor du zustimmst, mein Freund."

„Könntest du mir Geld leihen?"

„Woher soll ich denn 4000 Euro hernehmen und das auch noch sofort? Meine Eltern sind zwar wohlhabend, aber das heißt nicht, das ich ein Konto mit tausenden von Euro habe." verzweifelt schaute ich ihn an.

„Was passiert, wenn du das Geld nicht bezahlen kannst? Was machen sie dann mit dir?"

„Dann muss ich ins Gefängnis und dort so lang bleiben, bis die Strafe abgesessen ist." Er schaute mich traurig an. „Könntest du deine Eltern fragen?"

„Ich weiß nicht ob sie mir das Geld geben würden, Taylor."

„Ich werde das Geld auch zurück zahlen, versprochen."

„Ich werde mit ihnen sprechen."

„Danke, Skyler." Er kam zu mir her rüber und umarmte mich. Wir saßen noch eine ganze Weile in dem Café, bis wir noch anschließend in ein paar Läden vorbei schauten.

„Wie findest du die Hose? Sieht doch eigentlich ganz schön aus oder?" Ich hielt ihm eine grau-weiß karierte Hose vor die Nase.

„Aber irgendwie gefällt sie mir doch nicht so." ergänzte ich noch dazu, ehe er noch irgendetwas dazu sagen konnte.

„Typisch Frau." Er lachte.

Wir stöberten noch ein bisschen weiter, bis wir uns irgendwann auf dem Heimweg machten und ich schließlich das Gespräch mit meinen Eltern suchte. Was sich später noch als garnicht so schlimm erwies, wie ich erst dachte.

Kapitel 13

Das Unberechenbare ist berechenbar

Mit einem unguten Gefühl im Magen schloss ich die Haustür zu unserem Haus auf und betrat den Flur. Ich legte meine Jacke und meinen Schal ab und ging dann ins Wohnzimmer, wo meine Mutter und mein Vater saßen und Fernsehen schauten.

„Hallo, ich bin wieder Zuhause." Ich ging in den Raum hinein und schaute beide an.

„Dad, können wir kurz miteinander sprechen?" Fragend schaute ich ihn an.

„Klar doch, worum geht es denn?"

„Unter vier Augen bitte, ja?" Ich ging in die Küche und er stand von der Couch auf und kam mir hinter her. Er schloss die Tür hinter sich und schaute mich gespannt an.

„Kannst du mir Geld leihen?"

„Ist alles gut? Hast du Schwierigkeiten?" Er überkreutze seine Arme vor seinem Oberkörper.

„Nein, ich nicht, aber ein Freund von mir hat ernste Probleme." Ich holte kurz tief Luft. „Und wenn dieser Freund das Geld nicht bezahlt, muss er in den Knast." Ich begann leicht zu zittern, weil ich es hasste, meine Eltern um Geld zu bitten. „Er zahlt es auch zurück, versprochen."

„Um wie viel Geld handelt es sich hier?" Er zeigte etwas Mitgefühl und wurde etwas weicher.

„4000 Euro." Ich schaute zu Boden, da es mir so unfassbar unangenehm war.

„4000 Euro Skyler? Das ist eine Menge Geld."

„Ich weiß Dad, aber ich möchte nicht dass Taylor ins Gefängnis geht." Nun wurde ich trauriger und Tränen bildeten sich in meinen Augen. „Ich möchte nicht das er ins Gefängnis geht, mit dem Wissen, dass ich es verhindern hätte können." Meine Stimme wurde brüchig.

„Du hast ein großes Herz, Skyler, das muss ich schon sagen."

Er verstummte kurz und ich hoffte dass er es verstehen würde und mich unterstützte.

„Aber Taylor muss seine Probleme selbst in den Griff bekommen, weißt du. Auch wenn du ihn gern hast."

„Er kommt in den Knast wenn ich ihm nicht helfe, Papa. Ich will nicht das er dort hin kommt." Eine Träne rollte mir über die Wange. „Stell dir vor du musst mich jeden Tag zum Gefängnis fahren, nur weil ich ihn sehen möchte. Das wäre furchtbar."

Mit diesen Worten konnte ich ihn zum Nachdenken anregen. Minuten der Stille herrschten zwischen uns. Minute um Minute. Sekunde um Sekunde. Dann brach er das schweigen.

„Pass auf, hol dir deine Jacke. Ich hol die Autoschlüssel und wir fahren zusammen zur Bank. Und sag deinem Freund bitte Bescheid, das er an einem Treffpunkt auf uns warten soll." Er war im Begriff zur Tür hinaus zugehen, blieb aber noch einmal kurz stehen.

„Ach und Skyler, das bleibt unser kleines Geheimnis ja?"

„Ja Dad, Danke." Ich lächelte ihn an und war irgendwie komplett fasziniert davon, was grade passierte.

Ich ging aus der Küche hinaus, zog mir meine Jacke an und wartete dann vor der Haustür auf meinem Vater. Kurz darauf hörte ich nur noch, wie er meiner Mutter etwas zu rief. „Ich bin mal kurz mit Skyler weg, bin gleich wieder da." Und Sekunden später saßen wir schon im Auto, auf dem Weg zur Bank.

Dort angekommen wartete ich im Auto, während mein Vater drin am Schalter das Geld abhob.

Er kam zurück und hielt mir einen prall gefüllten Umschlag hin.

„Aber erzähl das nicht deiner Mutter, ja?"

„Sieht sie das nicht, wenn sie auf das Konto schaut?" Ich schaute fragend zu meinem Vater, der grad im Auto Platz nahm.

„Sie schaut da nicht so oft rein und falls sie es doch tun sollte, werde ich mir schon etwas einfallen lassen. Aber lass das mal meine Sorge sein."

„Danke, du bist der beste." Ich umarmte ihn und schrieb Taylor dann eine Nachricht, während wir uns auf dem Weg zu unserem vereinbarten Treffpunkt machten und dort auf Taylor warteten.

Wenige Minuten später war er auch schon da. Wir stiegen aus dem Auto aus und gingen zu ihm hin.

„Ich bin Ihnen unfassbar dankbar, Mr. Johnson."

„Das hatten wir doch bereits schon, du kannst mich ruhig Ben nennen. Das ist in Ordnung so."

„Ich danke dir vielmals. Ich werde nach und nach das Geld zurück zahlen. Versprochen."

„Es ist ok Taylor junge, ich tue das gern. Es ist mir auf jeden Fall lieber, als wenn ich Skyler zum Gefängnis fahren muss, damit sie dich besuchen kann."

„Danke wirklich." Taylor war überglücklich und das sah man ihm auch an.

Wir verabschiedeten uns noch und machten uns dann wieder auf dem Weg Nachhause.

Mir gingen gemischte Gefühle durch den Kopf. Auch wenn jetzt alles gut werden würde, so war es noch lange nicht gut. Er bezahlte für etwas, was er nicht getan hatte und das gefiel mir ganz und garnicht. Aber ich konnte ihn auch nicht davon abhalten.

Taylor ist so ein Mensch, wenn er sich einmal etwas in den Kopf gesetzt hatte, dann war es auch nicht so schnell aus seinem Kopf zu bringen. Auf der einen Seite war es natürlich gut, aber auf der anderen Seite auch nicht. Wie es halt immer so ist im leben. Es ist immer eine gute und eine schlechte Seite an einer Situation oder auch an einem Menschen.

Kapitel 14
Ein Tag und alles ist anders

Überglücklich erzählte mir Taylor am frühen Samstag Morgen, das die Sache mit seiner Ex jetzt voraussichtlich erstmal geklärt sei. Zumindest erstmal. Eine Nachricht, die mich eigentlich freute, aber irgendwie auch nicht. Es war nicht rechtens, zumindest wenn Taylor die Wahrheit sagte.

Und da waren wir wieder beim springenden Punkt. Wenn er die Wahrheit sagte. Vielleicht hatte er tatsächlich das Geld genommen und traute es sich nicht zuzugeben und versuchte jetzt Gras über die Sache wachsen zulassen. Aber um ganz ehrlich zu sein, glaube ich nicht, dass er mich so hinterging. Das wollte und konnte ich nicht glauben.

Ich ging zu meiner Kleiderstange und nahm mir mein schwarzes Trikot vom Kleiderbügel und holte mir anschließend noch meine Trainingshose aus meiner weißen-Ikea Kommode. Nachdem ich mir meine Sportklamotten angezogen hatte ging ich die Treppen zur Küche hinunter. Am Esstisch saßen bereits meine Eltern und auch Robin, der einen Zettel in der Hand hielt.

„Guten Morgen." Sagte ich, als ich den Raum betrat.

„Guten Morgen." Entgegnete mir Robin der strahlte.

Ich schaute zu meinem Vater der grad noch einen Schluck Kaffee aus seiner knall blauen Tasse trank.

„Was gibt es neues?" Ich schaute jetzt neugierig zu Robin.

„Ich habe einen Brief vom Arzt bekommen." Er machte eine kurze Pause, ehe er weitersprach. „Ich werde an der Kniescheibe operiert und kann dann vielleicht wieder Basketball spielen." Er klang total euphorisch und glücklich. Praktisch wie ein kleines Kind, was sich über einen Lolli freute. Es war schön mit anzusehen.

„Das ist ja toll. Wann ist die Op?" Fragte ich ihn und holte mir eine Schüssel aus dem Schrank.

„In den nächsten zwei Wochen. Wahrscheinlich wird es aber gleich nach dem homecoming passieren."

„Nach dem Essen fahren wir los zum Training, ja Skyler?" Wurf mein Vater ein und ging dann mit seiner noch halb vollen Tasse Kaffee in sein Arbeitszimmer.

Ich füllte mir etwas Müsli in meine Schüssel und setzte mich dann neben Robin an den Tisch.

„Bist du aufgeregt wegen des homecomings?" Fragte er mich plötzlich.

„Ja schon etwas, aber ich bin mir ziemlich sicher, dass wir das meistern werden."

„Es ist eine ziemlich große Sache, Skyler. Das Homecoming, ist wie eine Preisverleihung. Es wird ziemlich voll sein und es ist extrem wichtig, dass wir unser Team gut präsentieren."

„Mach dir kein kopf Robin, das wird schon."

Nach dem Essen holte ich noch schnell mein Handy aus meinem Zimmer und dann fuhren wir auch schon los zum Training. Heute war ein ziemlich dunkler und auch verregneter Tag. Dem entsprechend war dann auch das Training. Wir waren alle nicht sonderlich motiviert, auch wenn das große homecoming so gut wie vor der Tür stand.

Nach diesem Wochenende schrieb ich an meiner Schule eine extrem wichtige Mathe Klausur. Allerdings musste ich ziemlich schnell feststellen, dass sie mir alles andere als leicht viel. An diesem Tag waren meine Gedanken völlig wo anders. Bei Taylor, bei meinem Bruder, beim Homecomig. Zugegeben, hatte ich große Angst vor diesem Spiel. Angst es zu vermasseln. Ich dachte nur noch an das Spiel. Jeder der Friedrich-William Schule tat das.

Kapitel 15
Das Homecoming

Heute war es soweit. Das Spiel, worauf wir alle gefiebert hatte, stand vor der Tür. Es war nicht irgendein Spiel. Nein, es war eines der größten und bedeutest vollsten Spiele, in der Geschichte des Basketballs. Und dieses Mal war es etwas ganz besonderes. Meine Heimatstadt New Jersey, gegen unser Team aus Amsterdam. Ich würde lügen, wenn ich sagen würde, dass mir das keine Angst bereitete. Ich hatte große Angst, aber das konnte ich natürlich nicht preisgeben.

Nach einem langen und stressigen Schultag, mit Mathe im letzten Block und das an einem Freitag, verließ ich die Schule gegen 15 Uhr um nur kurz Zuhause etwas zu essen, um dann schließlich wieder gegen Abend zur Schule zufahren. Ich wollte dass meine Eltern und natürlich auch Robin stolz auf mich sind. Ich weiß das wären sie auch, wenn wir heute Abend nicht gewinnen würden, aber trotzdem wollte ich gewinnen. Ich wollte nichts mehr als das.

Nach einem schnellen, aber dafür leckeren Essen, fuhren meine Eltern, mein Bruder und ich zu Taylor, um ihn einzusammeln, um dann schließlich zusammen zur Schule weiterzufahren. Meine Mutter wusste immer noch nichts von den fehlenden 4000 Euro auf dem Konto, und das war auch gut so.

Ich hörte die Menge schon brüllen. Sie schrien. Und das so laut, das man kaum verstand, was sie eigentlich sagen wollten. Ich ging in die Umkleiden und zog meine weißen Reebok Turnschuhe aus meiner grauen Sporttasche. Dabei viel ein zusammen gefalteter Zettel zu Boden. Ich hob ihn auf und faltete ihn auseinander.

Ganz egal was heute Abend geschieht, ich bin stolz auf dich.

-Robin

Seine Mitteilung zauberte mir ein Lächeln auf die Wange.
Ich atmete ein letztes Mal tief durch, ehe das aufwärmen begann. Jetzt gab es kein zurück mehr. Ganz egal was heute da draußen passieren wird, dieser Tag wird keiner von uns vergessen. Da bin ich fest von überzeugt.
Ich ging zu meinem Team aufs Feld und gemeinsam beobachteten wir einen Augenblick unsere Mitstreiter aus der Ferne. Es fühlte sich an, wie eine Ewigkeit, dabei waren es nur grad zwei Minuten. Ich schaute in Richtung der Tribüne und winkte meiner Familie und Taylor zu, die gespannt warteten, dass das Spiel anfing. Meine Mutter hatte einen ganzen Eimer Popcorn gekauft, den Robin ihr allerdings schon stibitzt hatte.

Er stopfte sich eine große Hand voll Popcorn in den Mund und schaute dann ein bisschen verwirrt zu seiner rechten Seite. Dort standen zwei gut gebaute Jungs. Ich konnte nicht erkennen, wer genau es war, dafür war ich zu weit entfernt und kannte die Gesichter nicht gut genug.

„Was wollen die denn hier?" Robin schaute zu Taylor, der ihn ebenfalls verwirrt ansah. Die beiden Jungs vom nächtlichen Mcdonalds-Besuch nach dem letzten Spiel, standen nun dort und setzten sich nun ein paar Blöcke weiter von ihnen.

„In der Halbzeit Pause, werde ich mir das holen, was mir schon lange zusteht." sagte einer der beiden Jungs stolz.

„Oh yeah." sagte der andere.

Zu diesem Zeitpunkt ahnte noch keiner, was sein Plan war. Und nichts und niemand konnte ihn daran hindern, diesen Plan um zusetzten.

Wir gingen noch ein letztes Mal unsere Strategie durch, bis dann pünktlich um 19 Uhr das Spiel angepfiffen wurde. Und dann ging plötzlich alles ganz schnell. Ein Korb nach dem anderen Folgte. Wir waren in Führung. In unserem Element. Alles lief nach Plan. Und dann kam die Halbzeit Pause.

Schon total kaputt von der ersten Halbzeit ging ich in Richtung der Umkleide. Die anderen blieben auf dem Feld und erholten sich dort einen Moment. Ich wollte nur schnell noch etwas trinken und mein Wasser aus der Umkleide holen, da ich es zuvor vergessen hatte mit zunehmen. Doch plötzlich wurde ich von jemanden aufgehalten.

„Skyler" rief eine Stimme hinter mir.

Verdutzt drehte ich mich um und blickte dann dem Typen in die Augen, den ich das letzte Mal bei unserem Mcdonalds-Besuch gesehen hatte.

„Was möchtest du?" fragte ich ihn immer noch total verwirrt.

„Ich will mich bei dir für neulich entschuldigen. Bei deinem Bruder habe ich es ebenfalls schon getan." Er hielt einen Becher Wasser in der Hand, den er nun zu mir rüber reichte. „Hast du Durst? Hier trink was."

Ich nahm es nichts ahnend an und trank es bis auf den letzten schlug aus. Ich hatte einfach tierischen Durst.

„Danke, das ist nett von-" ich konnte plötzlich nicht mehr weitersprechen. Mir wurde auf einmal ganz anders. Ich war zwar noch bei Bewusstsein, aber ich konnte mich nicht mehr äußern. Und dann packte er mich grob an, zog mich in die Kabine und schloss die Tür hinter sich. Ich weiß nicht was er mir in das Wasser gemischt hatte, aber eines wusste ich, ich war in der Falle.

Seine großen Hände prallten gegen mein Gesicht. Dann Schlug er mich gegen die Wand. Und im nächsten Moment spürte ich nur noch schmerz.

„Du bist selbst dran Schuld, Skyler. Du hättest alles anders haben können." Sagte er und schlug erneut auf mich ein. „Lass mich los." Konnte ich grad noch so her raus bringen, aber er hielt mich weiterhin fest. Dann schlug er mich erneut.

„Keiner kann dir helfen, Skyler. Keiner."

Das letztere betonte er besonders. Und dann zog er mich aus. Ich konnte mich nicht wären. Ich war zu schwach. Ich wollte schreien, doch kein Ton kam aus mir her raus. Und dann zog auch er sich schließlich aus. Er gab mir noch eine Ohrfeige und kam dabei so dolle gegen meine Nase, dass sie begann zu bluten. Dann spürte ich nur noch wie er in mich eindrang und ließ mich nachdem er mich qualvoll benutzt hatte voller schmerzen und heulend zurück. Die zweite Halbzeit hatte in zwischen begonnen und es war nur eine Frage der Zeit, bis sie mich finden würden. Aber ich wollte nicht dass sie mich sahen. Nicht so. Ich zog mir schnell etwas über und flüchtete dann unbemerkt durch den Hintereingang in die Nacht hinaus. Keiner hatte etwas davon mitbekommen. Ich ging Durch die Straßen und fand Unterschlupf unter einer kleinen Brücke, die weit genug entfernt war, dass mich keiner finden konnte. Und in diesem Moment. In diesem Moment habe ich mich gefühlt, als wäre ich schon Tod.

Kapitel 16
Ein Ereignis und alles ist anders

„Wo ist Skyler?" fragte sich Robin, der mich vergebens auf dem Spielfeld suchte. Doch er konnte mich nicht finden, wie auch. Ich war ja nicht dort. Keiner wusste etwas davon, was sich vor wenigen Minuten in der Umkleide ereignet hatte. Als ich nach zehn Minuten immer noch nicht aufgetaucht war, entschlossen sich meine Leute mich zu suchen. Das Spiel wurde trotz meines plötzlichen Verschwindens weiterhin fortgesetzt. Verzweifelt und voller Angst und Panik suchte mich meine Familie, aber sie konnten mich nicht finden. Weder auf dem Feld, noch in der Umkleide und erst recht nicht im Rest des Schulgebäudes. Nach Stunden die sie mich suchten fuhren sie gegen Mitternacht nachhause, doch schlafen konnten sie diese Nacht nicht.

Noch am selben Abend musste ich mich übergeben und schlief schließlich mit einer blutenden Nase und einem Körper verseht mit blauen Flecken und Schramen auf einer Parkbank mitten in Amsterdam ein. Und es war eine der schlimmsten Nächte, die ich je in meinem ganzen Leben hatte. Wenn nicht sogar die Schlimmste.

Kapitel 17
Blut, Tränen und noch viel mehr

Meine Familie suchte mich weiterhin, wie die verrückten, nur finden konnten sie mich nicht. Sie suchten mich überall. Bei Freunden, Mitschülern, telefonierten sämtliche Leute ab und befragten die Nachbarschaft. Aber es gab kein Lebenszeichen von mir.

Schließlich kehrte ich gegen Nachmittag nachhause zurück. Ich war komplett durch den Wind und das sah man mir auch an. Ich riss die Haustür auf und sah alle plötzlich auf springen. Doch das ließ mich kalt.

„Gott sei Dank da bist du wieder." hörte ich meinen Bruder sagen.

„Skyler, wo warst du?" fragte nun mein Vater, der mit seiner Geduld schon am Ende war. Als ich ihm darauf nicht antwortete, sondern einfach weiterging, war er mit seiner Geduld endgültig am Ende.

„Rede verdammt nochmal mit uns." Schrie nun mein Vater.

Ohne einen Ton zusagen rannte ich die Treppen zu meinem Zimmer hoch und konnte meine Tränen nicht mehr zurück halten. Ich knallte die Tür meines Zimmers zu und brach weinend zusammen. Taylor rannte mir hinterher und machte die Tür meines Zimmers, die ich so eben zugeknallt hatte, wieder auf.

„Was ist während dem Homecoming passiert." sagte er ernst und besorgt zugleich und setzte sich neben mich auf mein Bett.

Ich sagte nichts und heulte einfach weiter. Träne für Träne. Doch der Schmerz wollte nicht aufhören.

„Skyler was ist passiert?" Er wurde nun leicht aggressiv und stellte sich mir gegenüber.

„Hau ab, Taylor." Schrie ich ihn an.

„Du sagst mir jetzt sofort was los ist", sagte er lauter.

„Geh Taylor!" Schrie ich heulend und griff nach einem Bilderrahmen und Wurf ihn in seine Richtung. Vor seinen Augen zerbrach das Glas in Scherben.

„Hau ab." Schrie ich erneut.

Er knallte die Tür zu und haute ab, so wie ich es von ihm verlangt hatte. Schmerz durchströmte mich. Ich sprang zu meiner Tür schloss sie ab und legte mich heulend neben die Glas Scherben am Boden. Ich war am Boden und in tausend Stücke zerbrochen. Und das wortwörtlich.

Kapitel 18
Doppel Punkt und Klammer zu

Ich konnte nicht ewig in meinem Zimmer bleiben, das war mir bewusst. Und ich wusste auch, dass ich es nicht ewig für mich behalten konnte. Aber ich versuchte es wenigstens best möglich zu vertuschen. Ich hatte die Nacht nicht grade viel Schlaf bekommen, was einerseits auch ganz gut war, weil ich mir so eine Ausrede für mein plötzliches verschwinden beim homecoming einfallen lassen konnte. Ich musste meiner Familie und schließlich auch Taylor ja etwas erzählen, auch wenn ich weiß, dass die Wahrheit besser gewesen wäre. Es wäre einfacher gewesen mit offenen Karten zu spielen, statt mir irgendetwas auszudenken, aber das wollte ich nicht. Ich wollte, dass keiner erfährt, was in dieser Nacht passiert war.

Ich zog mir meine dunkelroten Flauschsocken an und ging die Treppe hinunter.

„Ach kommt Madam auch mal wieder aus ihrem Zimmer", sagte mein Vater in einem enttäuschten, aber auch zugleich besorgtem Tonfall.

Alles was ich rausbrachte war ein kleinlautes „Morgen" was nicht grade viel aussagend war. Ohne noch etwas weiteres zusagen, setzte ich mich an den Esstisch und griff verlegen nach der Zeitung. Von meinem Vater folgte kein weiterer Kommentar. Er hoffte, dass ich zuerst zu Wort kam, doch ich sagte nichts.

„Wo warst du gewesen?" Fragte mich nun meine Mutter, die enttäuscht, aber zugleich auch froh darüber war, das ich hier wieder mit am Tisch saß.

„In der Halbzeitpause vom homecoming wurde ich von einem Spieler, einer anderen Mannschaft in eine Umkleidekabine gezerrt, geschlagen und anschließend vergewaltigt." Das ist das, was ich sagen wollte und das hier, das ist das, was ich tatsächlich gesagt habe.

„Mir wurde plötzlich alles Zuviel. Ich musste weg von da und ich bin dann mit Ebby, einer Mitschülerin aus meinem Geschichtskurs zu ihr Nachhause gelaufen und habe dort geschlafen."

„Und da hättest du uns nicht Bescheid geben können? Du hast Hausarrest junge Dame!" Sagte mein Vater nun aufgebracht.

„Das erklärt längst nicht deine blauen Flecke." Sagte nun meine Mutter, die die Geschichte mit Abby nicht ganz glaubwürdig fand.

Ich schaute nun zu meinen blauen Flecken hinunter.

„Ich bin hingefallen." sagte ich, als wäre es das normalste der Welt.

Sie runzelte ihre Stirn. „So oft Skyler?"

„Ich geh duschen, falls mich wer sucht." Ich stand auf und ging ins Badezimmer. Ich sprang unter die Dusche und beim Anblick meines körpers, mit den knallblauen und roten Flecken auf der Oberfläche, brach ich in Tränen aus. Ich ließ das Wasser weiter laufen und brach anschließend komplett zusammen.

Als wäre nie etwas gewesen, ging ich frisch geduscht in mein Zimmer und schrieb Taylor eine Nachricht. Ich wollte es versuchen zu verdrängen. Ich musste stark sein.

Heute Abend um 19:00 Uhr bei mir?

Ja

Wir schauten zusammen einen Film und aßen dabei Popcorn, bis wir wieder auf das Thema zusprechen kamen. Es war nicht geklärt, das war mir klar. Es war noch nicht vorbei.

„Was ist passiert während dem homecoming?" Seine Stimme wurde ruhiger, aber zugleich auch ernster.

„Mir wurde alles zu viel. Ich musste weg von dort."

Er schaute nun skeptisch auf meine blauen Flecke.

„Was ist passiert Skyler?" Er wirkte nun irgendwie traurig.

„Wie ich schon sagte, mir wurde das alles Zuviel. Und dann bin ich hingefallen, aber es ist nicht so schlimm wie es aussieht."

„Skyler ich glaube dir das nicht." Er schaute mich ernst an und rutsche dann ein Stück näher zu mir her ran.

„Du kannst mit mir reden, das weißt du oder?"

„Es ist aber nichts, worüber ich mit dir sprechen müsste. Wirklich es ist alles gut."

„Skyler" Er schaute mich immer noch total ernst an. Dann kam er näher und küsste mich. Ich ließ es zu.

Ich schloss meine Augen und plötzlich schossen Tausend Bilder vor meinen Augen. Tränen rollten aus meinen Augen und ein Gefühl von Angst durchfuhr mich. Ich fühlte mich unwohl.

Nach wenigen Sekunden löste ich mich von ihm und schubste ihn von mir weg.

Er schaute mich erschrocken an. „Was ist los?"

„Nichts ist, Taylor geh jetzt bitte."

„Skyler sag mir was los ist."

„Es ist nichts."

„Offensichtlich ja schon, sonst würdest du nicht so reagieren."

Ich sprang von meinem Bett tränen überströmend auf und schrie ihn an.

„Bitte geh jetzt Taylor."

„Bitte geh."

Er schüttelte den Kopf und ging zur Tür. Kurz davor blieb er stehen.

„Meld dich wieder, wenn du wieder normal tickst."

Dann ging er endgültig.

Kapitel 19
Ein Stein bringt alles ins rollen

Am darauf folgendem Tag und auch am nächsten und übernächsten konnte ich nicht in die Schule gehen. Ich blieb zuhause und versuchte mich auf die am Donnerstag folgende Prüfung vorzubereiten. Allerdings machte weder mein Körper, noch meine Psyche das mit. Vier Tage später stand das Ergebnis fest und zu meiner Enttäuschung viel es ziemlich negativ für mich aus. Statt also einer zwei oder einer drei, wie sonst, hatte ich nun eine fünf und war nur ganz knapp an einer sechs vorbei. Und das sollte längst nicht das Ende gewesen sein.

In der darauf folgenden Woche vermasselte ich noch zwei weitere Klausuren und eine mündliche-Prüfung. Bei einem Abendessen zusammen mit meinen Eltern und Robin, gestanden sie mir dann, das mein Klassenleher sie informiert hatte und nun um ein Gespräch mit ihnen bot.

Während sie also eine Woche später mit meinem Lehrer ein Gespräch führten, traf ich mich noch am selben Abend bei mir zuhause mit Taylor.

„Was ist in letzter Zeit los mit dir?"

„Taylor es gibt etwas was ich dir sagen muss, aber ich weiß einfach nicht wie okay?"

„Was ist wirklich passiert während dem homecoming?"

„Ich bin runter und wollte in der Umkleide etwas trinken. Keiner war da. Ich war allein da unten. Also zumindest dachte ich das."

„Was ist dann passiert Skyler?"

„Aufeinmal ist dieser eine Typ aufgetaucht. Du weißt schon, der von Mcs." Ich holte tief Luft, ehe ich weitersprach. „Er hat mir etwas zutrinken gegeben. Ich weiß nicht genau was es war, aber ich konnte danach nicht mehr richtig denken."

„Warum hast du das getrunken? Dir hätte bewusst sein sollen, dass er nicht mit fairen mitteln spielt."

„Das war längst nicht alles, Taylor." Ich schaute nun zu Boden. Er rückte wieder näher an mich her ran und legte seinen Arm um mich.

„Du kannst mir alles erzählen, das weißt du oder?"

Ich schaute weiter zu Boden und holte tief Luft.

„Er hat mich in die Umkleidekabine gezerrt und angefangen mich zuschlagen. Daher kommen auch die blauen Flecken."

Taylor wurde nun wütend. „Was hat er getan?"

„Dann hat er angefangen mich auszuziehen und mich anschließend vergewaltigt. Es tut mir leid, Taylor." Ich brach in Tränen aus und er nahm mich in den Arm.

„Wir müssen damit zur Polizei. Und du solltest mit deinen Eltern reden."

„Kannst du mir dabei helfen?"

„Natürlich werde ich das. Ich lass dich jetzt nicht allein."

Ich heulte mich noch eine ganze Weile weiter bei ihm aus, bis wir uns nach unten in die Küche setzten und auf meine Eltern warteten.

Robin war der erste der nachhause kam. Ohne ein weiteres Wort zusagen, setzte er sich mit zu uns an den Tisch und schwieg. Nach etwa 15 Minuten nach Robin, kamen auch meine Eltern nachhause. Schweigend und auf den Tisch schauend fanden sie uns am Esstisch in der Küche vor.

„Ist alles okay mit euch?" Fragte mein Vater verwundert.

„Skyler muss mit euch etwas besprechen und wohlmöglich müssen wir dann noch sofort zur Polizei." Sprach Taylor für mich.

meine Mutter schaute schockiert zu meinem Vater.

„Oh Gott, Skyler was hast du denn angestellt? Hast du jemanden umgebracht?"

„Nein Mutter."

Taylor sprach weiter für mich. Ich konnte es schließlich nicht. „Sie ist nicht der Täter. Sie ist das Opfer."

„Nach dem homecoming beziehungsweise in der Pause wollte ich nur kurz in die Kabine um etwas zu trinken." Als ich begann zu sprechen, flossen mir Tränen über meine Wangen. Ich tupfte sie weg und versuchte stark zu sein. Wenigstens für einen Augenblick. „Ich dachte ich wäre allein, aber da war ein anderer Spieler. Er hat mir etwas zutrinken gegeben und ich habe es getrunken." Ich wurde immer aufgebrachter und unruhiger.

Meine Eltern schauten sich immer noch gegenseitig an.

„Plötzlich habe ich alles ganz anders wahrgenommen. Ich konnte nicht mehr richtig sehen. Alles war ganz schwummerig."

„Was ist dann passiert, Skyler?"

Tränen überrollten mein Gesicht. Taylor legte wieder seinen Arm um mich und versuchte mich zu beruhigen. Aber das konnte selbst er nicht.

Nach einer längeren Pause sprach ich weiter. „Er hat mich in die Umkleide gezerrt und mich dort geschlagen. Daher kommen auch die blauen Flecken überall an meinem Körper." Ich begann zu zittern und noch mehr zu weinen. Die blicke meiner Eltern hatten sich mittlerweile von ernst, in sorge verwandelt. Sie zeigten Mitgefühl. Mein Bruder hingegen, war total wütend. Das sah man ihm an.

„Er hat angefangen mich auszuziehen und mich schließlich vergewaltigt." Als ich das Aussprach konnte ich meine Tränen nicht mehr zurück halten. Alles sprudelte aus mir her raus. „Und in diesem Moment habe ich mich gefühlt, als wäre ich Tod." Ich brach zusammen. Taylor nahm mich fest in den Arm.

„WAS HAT DIESER DRECKS KERL GEMACHT", schrie nun Robin und Wurf etwas zu Boden. Er war wütend. Sehr wütend.

„Skyler, warum hast du uns denn nichts gesagt?"

Meine Mum kam nun zu mir und strich mir über meinen Arm.

„Ich hatte Angst."

„Dein Leher hat uns schon berichtet das irgendetwas mit dir nicht stimmt. Deine Noten sind extrem den Bach runter gegangen."

„Ich weiß und es tut mir leid."

„wir fahren jetzt sofort zur Polizei." sagte mein Vater und stand auf.

„Fahr du mit Skyler und Taylor dahin. Ich bleibe mit Robin hier und wir kochen irgendetwas schönes. Bleibst du heute Abend bei uns Taylor?"

„Wenn ich darf gern."

Wir drei gingen zum Auto. Taylor und ich saßen hinten und mein Vater fuhr.

Auf der Polizeiwache angekommen bekam ich sofort ein unwoles Gefühl bei der ganzen Sache. Ich hatte Angst, aber das ließ ich mir nicht anmerken.

„Erzählen sie mir was passiert ist." sprach der Polizist, der ausgerechnet ein Mann war. Ich erzählte ihm alles bis auf das kleinste Detail und es fühlte sich so schmerzend an das alles noch einmal durch zugehen. Letzendlich machten wir eine Anzeige gegen unbekannt, da ich seinen Namen nicht kannte. Von der Polizei wache aus fuhren wir zurück nachhause, wo ein leckeres essen schon auf uns wartete. Allerdings war mir an diesem Tag nicht mehr nach essen. Ich saß neben Taylor am Esstisch und er zwang mich dazu etwas zu essen. Im enddefekt war es auch richtig so, aber ich fühlte mich seit langem wieder extrem schlecht beim essen. Die Stimme in meinem Kopf wurde immer lauter. Sie schrie mich gefühlt an. Ich dachte ich hätte die Essstörung gut in den Griff bekommen, aber Fehlanzeige. Da war sie wieder. Und sie war laut. Lauter als je zuvor.

Kapitel 20

Lassen sie die toten,
die toten begraben

Ich saß in der Schule, als ich komplett in Tränen ausbrach. Ich war komplett fertig. Jeder schaute mich an, aber keiner hatte auch nur die leiseste Ahnung, was los war. Der Lehrer teilte uns allen Arbeitsblätter aus, die wir bearbeiten sollten. Beim verteilen, fand er mich weinend vor.

„Mrs. Johnson, alles gut bei Ihnen?"

„Ja mir geht es gut, danke."

„Sie machen aber nicht so den Anschein, als würde es Ihnen gut gehen."

Ich sagte nichts. Er gab mir ein Blatt und ging weiter. Plötzlich hörte man ein lautes Klopfen an der Tür und im selben Atemzug wurde die Tür zu unserem Klassenzimmer schlagartig aufgerissen. Ein Polizist betrat meine Klasse und schaute sich um. Mein Herz rutschte in die Hose.

„Ist Skyler Johnson anwesend?" Alle schauten mich an, als hätte ich etwas verbrochen. Es ging um die Vergewaltigung, da war ich mir sicher.

Schockiert nickte unser Klassenlehrer, der bis zu diesem Zeitpunkt noch nicht wusste, was eigentlich Sache war.

„Wir müssen Mrs. Johnson mit auf die Wache nehmen. Sie muss dort eine Aussage tätigen."

Mein Lehrer unterbrach für einen Moment den Unterricht und gab mir ein Zeichen, das es okay ist, wenn ich mitgehe. Ich nahm meine paar Sachen und ging mit dem Polizeibeamten mit. Ich fühlte mich, wie eine Schwerverbrächerin und dabei war ich noch nicht einmal der Täter. Ganz im Gegenteil. Ich war das Opfer.

Auf der Polizei wache angekommen kam noch eine Polizistin dazu, die uns in einen kleinen Raum begleitete.

„Mrs. Johnson, können sie uns mehr zu dem Täter sagen?"

„Er ist Mitglied der Ausburger Killers. Das ist alles was ich weiß."

„Das bringt uns nicht viel weiter. Wir brauchen eine Täter Beschreibung." Der Polizist runzelte sein Kinn.

„Nun gut", ich holte tief Luft. „Er hat braune Haare, ist ziemlich groß und hat blaue Augen. Er ist kräftig gebaut und das hilft ihnen vielleicht nicht grad viel weiter, aber er hat einen miesen Charakter."

„Wäre es möglich, dass sie alles was sie wissen, auf ein Blatt Papier schreiben würden? Das würde uns weiter helfen."

„kann ich machen."

Ich schrieb alles was ich wusste auf und gab den Zettel schließlich bei dem hauptzuständigen des Falles ab. Ich verlass den Raum und sah auf dem Gang meinen Vater stehen.

„Die Polizei hat bei uns angerufen, dass wir dich hier abholen sollen."

„Ich sollte nochmal eine Täter-Beschreibung abgeben. Wenn ich doch nur seinen Namen wüsste, dann wäre alles viel einfacher." Ich schaute den Gang entlang. „Vielleicht sollte ich Robin nochmal fragen, ob er etwas in Erfahrung bringen konnte."

„Robin ist bereits im Krankenhaus."

„Er ist im Krankenhaus?" Ich schaute ihn verwirrt an.

Er hat morgen früh doch seine OP an der Kniescheibe." Mein Vater schaute mich fragend an.

„Oh nein, ich hab das total vergessen. Kannst du mich eben zum Krankenhaus fahren?"

„Ja, dann los."

Im Krankenhaus angekommen suchte ich schnell Robins Zimmer und stürmte, ohne vorher zu klopfen hinein.

„Hey du, konntest du den Namen des Typen in Erfahrung bringen?"

„Er heißt John Miclais." sagte er sehr überrascht, mich hier zusehen. „Ich habe dir eine SMS geschrieben, Skyler. Und wie wäre es überhaupt auch mal mit einem Hallo."

Erst jetzt nahm ich mein Handy aus meiner Tasche und deaktivierte den Flugmodus.

„Wenn du den Flugmodus aus hättest, wüsstest du so etwas."

„Danke Robin, du hast mir extrem weiter geholfen." Ich umarmte ihn schnell und rannte dann zurück zu meinem Dad, der im Auto auf mich wartete. Völlig außer Atem sprang ich in das Auto.

„Wir müssen zurück zur Polizei. Ich hab den Namen des Täter."

Zurück auf der Wache informierte ich die Beamten von dem neuen Hinweis auf den Täter und fuhr dann mit meinem Vater zusammen Nachhause. Endlich.

Kapitel 21

Die Nacht zuvor

Am selben Tag noch verabredete ich mich abends mit Taylor. Wenn man überhaupt Abend sagen konnte. Um es genau zunehmen war es spät in der Nacht, kurz vor Mitternacht und am nächsten Tag musste ich los zur Schule. Ganz egal, es ist nur die Schule, das werde ich überstehen.

In dieser Nacht trafen wir uns in dem Park, in dem wir uns bisher immer trafen. Er war bereits da und wartete auf mich.

„Da bist du ja endlich."

„Sorry, hatte noch zuhause ein bisschen was zu tun." Ich lächelte ihn an.

„Gehen wir zur Tankstelle und holen uns etwas zu trinken?"

„Klar doch."

Zusammen gingen wir durch die dunklen Straßen und zur Tankstelle, die nicht weit entfernt lag.

„Was willst du haben?"

„Wasser reicht mir aus, danke."

„Du bist aber langweilig." Er ging vor und anstatt zu den Regalen zu gehen, wo das Wasser stand, ging er zum Alkohol. Er Griff nach einer Wodka Flache und einer Flasche Hugo Blue.

„Taylor was wird das?" Ich schaute ihn lachend an.

„Ich weiß schon was dir schmeckt." Er lachte ebenfalls.

Er ging zum Tresen und stellte die beiden Flaschen ab.

„Und eine Schachtel Malboro bitte."

„Dann wünsche ich euch beiden noch einen ganz tollen Abend." der Verkäufer zwinkerte uns zu. Wir nahmen die Flaschen und gingen dann zurück in den Park und setzten uns auf eine Schaukel.

„Willst du zuerst?" Er hielt mir die Wodka Flasche hin.

„Gern doch." Ich nahm einen großen Schluck von dem Wunderzeug und das, obwohl ich Wodka echt nicht lecker finde. Zumindest pur. Ich gab ihn die Flasche zurück und nun trank auch er einen Schluck. Wir verweilten so einen Augenblick und schaukelten in die Nacht hinein.

Taylor sah mich an. Eigentlich war es kein ansehen mehr, sondern schon eher ein starren.

„Warum starrst du mich so an?"

„Weil du wunderschön bist."

Verlegen schaute ich zu Boden.

Er atmete tief ein, dann sprach er weiter. „Weißt du was ich mich frage?"

„Was?"

„Wie kann jemand der so wunderschön ist so tot traurig sein?"

„Ich wünschte ich könnte dir das beantworten, aber ich kann es nicht. Ich weiß es nicht."

Er schaute mich an.

„Ich wünschte die Zeit würde niemals weiter gehen. Wenn ich könnte würde ich für immer mit dir hier an diesem Ort bleiben. Nur wir beide." Taylor schaute von seiner Schaukel zu mir her rüber. „Und naja vielleicht ein bisschen Alkohol und ein paar kippen, aber sonst nur wir." Er lachte und ich tat es ihm gleich.

„Ich wünschte ich hätte dich schon früher gekannt, weißt du." Das Gespräch entwickelte sich ziemlich tiefgründig und irgendwie gefiel mir das.

„Bevor das Leben anfing kompliziert zu werden." Ich ergänzte seinen Satz und trank dann einen weiteren Schluck. Wir schaukelten noch eine Weile weiter, bis mir schwindelig wurde und ich einen Moment anhielt.

Ich starrte zu Boden und aus irgendeinem Grund bildeten sich Tränen in meinen Augen. Ich spürte plötzlich diesen tiefen Schmerz, obwohl jetzt gerade in diesem Moment alles gut zu sein schien.

„Weißt du, es hat nie aufgehört. Es wird auch nie aufhören, es wird jedes Mal nur schlimmer."

Jetzt schaute er mich verdutzt an.

„Jeder braucht dich genau so lang, bis er jemanden anderes findet. Jemand der besser ist. Irgendwann ist man einfach nicht mehr interessant."

„Wie meinst du das?" Er nahm einen weiteren Schluck.

„Das Leben mein ich damit. Viele Dinge passieren immer und immer wieder und mit jedem erneuten mal wird es etwas schlimmer."

„In gewisser Weise hast du recht, aber Versuch nur den Moment zu betrachten. Nur diesen einen Moment."

Er kam näher an mich heran und strich mir eine Haarsträne aus dem Gesicht.

„Es wird alles gut, Skyler. Ich verspreche es."

Und dann küsste er mich.

Kapitel 22
Zeit vergeht und sie rennt

Am nächsten Morgen ging ich wie gewohnt zur Schule. In dem ersten Block hatte ich Deutsch Unterricht. Nichts passierte. In dem darauf folgenden Block hatte ich Mathematik. Wieder passierte nichts. Danach Geschichte und genau da klingelte das Handy meines Lehrers. Er verschwand für ein paar Minuten nach draußen und kurze Zeit später holte er mich aus dem Klassenraum mit nach draußen.

„Mrs. Johnson, Ich habe soeben mit der Polizei telefoniert und ich soll sie in Kenntnis setzen, das sie John Miclais auf der Wache haben und ihn jetzt verhören. Sie sind vom Unterricht befreit. Ihnen ist freigestellt, ob sie gehen möchten oder hierbleiben."

„Danke, das ist nett. Ich würde gern Nachhause gehen, um mit meiner Familie das weitere Verfahren zu besprechen."

„Natürlich machen sie das."

Ich ging zurück in das Klassenzimmer und packte meine paar Sachen zusammen, die ich dabei hatte und fuhr nachhause.

Zuhause angekommen schrieb ich Taylor eine Nachricht.

Ich bin jetzt schon Zuhause, wenn du magst kannst du jetzt vorbeikommen. Sie haben John auf der Wache.

Kurze Zeit später traf auch schon eine Antwort ein.

Sie haben mich gebeten auf die Wache zukommen, Sry.

Warum du? Du hast doch garnichts damit zu tun.

Ich weiß es nicht.

Eine Stunde nach dieser Nachricht gab es immer noch keine weiteren Neuigkeiten, warum Taylor auf die Wache musste. Für mich ergab das alles irgendwie keinen Sinn. Schließlich hatte Taylor überhaupt nichts mit dieser Sache zu tun, oder doch?

Kapitel 23
Lügst du, wenn ich die Wahrheit sage?

Meine Eltern waren inzwischen Zuhause, nachdem sie noch Robin im Krankenhaus besucht hatten.

„Er hat die OP gut überstanden." Teilte mir mein Vater mit.

Wir saßen alle zusammen am Esstisch in der Küche, als etwas passierte, womit keiner von uns rechnete.

Das Telefon klingelte und mein Vater nahm ab.

„Hallo?"

„Ja, natürlich."

„Ja, wir sind sofort da." Er legte auf und schaute uns ernst an.

„Wir müssen sofort zur Polizei." Sagte er ziemlich aufgebracht.

„Was ist passiert? Fragte meine Mutter erschrocken.

„Das wird uns Skyler gleich erklären." Jetzt schaute er mich ernst an.

Auf der Polizeiwache wurde es dann spannend und interessant. Ich sah Taylor auf einem Stuhl gegenüber eines Polizeibeamten sitzen. Er sah enttäuscht aus.

Einer der Polizeibeamten stand auf und gab meinen Eltern die Hand.

„Danke dass sie so schnell herkommen konnten."

„Was ist denn passiert?" Mein Vater schaute zu Taylor und John, die jeweils am Ende des Tisches saßen.

„John hat uns erzählt, das Skyler ihm zum Sex gedrängt

hat. Er wollte garnichts von ihr, aber sie wurde immer aufdringlicher."

Nun mischte sich der zweite Polizist noch ein.

„Es gibt keine Beweise, das Skyler vergewaltigt wurde."

Mein Vater schaute mich enttäuscht an.

„Skyler, sag mir das das nicht wahr ist."

„Ihr müsst mir glauben, ich sage die Wahrheit. Ich würde euch nie anlügen."

Ich konnte das was grad geschah nicht für wahr nehmen.

„Wie kann man nur so dreist sein. Erst vergewaltigst du mich und dann behauptest du dass ich dich zum Sex gedrängt habe. Gehts noch?" Schrie ich John an.

„Lass es einfach gut sein, Skyler." Taylor stand enttäuscht auf und ging in Richtung Tür. Ich ging ihm hinter her, wurde aber von einem Beamten zurück gezogen.

„Skyler Johnson, das wird ernste Konsequenzen mit sich bringen."

Enttäuscht schaute mich meine Mutter an. „Mit was für einer Strafe müssen wir rechnen?"

„Höchstens Sozial stunden. Genau können wir es ihnen erst in ein paar Tagen sagen."

„Skyler ich bin sehr enttäuscht von dir." Mein Vater schüttelte den Kopf. „Komm wir fahren nachhause und für dich gibt es erst mal Hausarrest junge Dame."

Als wir im Auto saßen versuchte ich die ganze Zeit Taylor zu erreichen und ihm klar zu machen, das ich die Wahrheit sage, aber wenn selbst meine Eltern mir nicht glauben wollten, warum sollte es dann Taylor tun. Ich hatte ihn verloren, und das erneut.

Noch am selben Tag beschloss ich nie wieder etwas zu essen und mich wieder meiner Essstörung hinzugeben. Wenn ich etwas konnte, dann abnehmen. Und das war das einzige was für mich in diesem Moment zählte. Die Zeit mit Taylor war wunderschön, aber gegen ihn anzukämpfen ist sinnlos. So ist es und so wird es wahrscheinlich auch immer sein.

Spiele niemals mit dem Feuer, auch wenn es noch so sehr brennt. Lass es einfach sein.

So endet ein weiteres Mal die Story über den jungen, der mein Leben komplett auf den Kopf gestellt hat... Aber vielleicht ist es noch garnicht das Ende.

Fortsetzung folgt...

Danksagung

Das ist an alle gerichtet, die mich vor allem im Jahr 2018 bis hier her unterstützt haben. Danke an alle, die immer an mich geglaubt und mich nie aufgegeben haben.

Man sagt jeder Mensch ist aus irgendeinem Grund in deinem Leben. Der eine ist eine Strafe, der andere eine Lektion und ein anderer wiederrum ein Geschenk. Aber ich bin mir sicher alle drei sind eine Bereicherung fürs Leben. Man lernt aus allen Situation in seinem Leben. Egal ob gute oder Schlechte, traurige oder schöne, lustige oder dumme Situationen. Man lernt aus allem. Das ist wichtig.

Viele Menschen kamen in mein Leben, blieben dort eine Weile und gingen, als sie jemand anderes gefunden hatten. Jemand der besser war, als wie ich. Zumindest ist es meine Interpretation in das Ganze. So ist das Leben und es wird sich immer wiederholen. Und ich bin mir ziemlich sicher, der einzige Weg aus dem Labyrinth des Leidens rauszukommen, ist zu vergeben. („The only way out of the labyrinth of suffering is to forgive." Looking for Alaska, John Green) Also vergebe.

Vergebe deinen Freunden, deinem Ex, deiner Familie. Vergebe dir selbst.

Egal wer das hier auch grade liest, ich vergebe dir.

Opa Danke das ich den besten Opa der Welt haben durfte. Ich werde dich nie vergessen.

Mama Danke das du mich nie aufgegeben hast und immer zu mir gestanden hast und alles was in deiner Macht stand, möglich gemacht hast.

Oma Danke das du mich so behandelt hast, wie dein eigenes Kind.

Manuel Danke das du immer für mich ein offenes Ohr hast und du mich immer bei allem unterstützt.

Sarah Danke das du, du bist.

Oliver Danke das es dich gibt und du mich immer unterstützt. Und natürlich auch das du mich Nachts immer vom Bus abholst.

Hanna Danke für alles. Für jeden einzelnen Moment mit dir.

Ria Danke, das ich immer mit dir sprechen kann. Du bist die beste!

Papa Danke, das du mir dieses Leben geschenkt hast.

Omi Danke für den Satz, „Wer ein Buch schreibt ist nicht krank." Er hat mich nur noch mehr bestätigt, dass mit mir etwas nicht stimmt.

Luna Danke für alles. Du bist ein Geschenk.

Simon Danke das du auch in schwierigen Momenten zu mir stehst.

Luca Danke das ich dich kennenlernen durfte (Wir müssen uns öfter treffen. Das Selbe gilt für dich Paul).

Paul Danke das du immer ehrlich warst.

Melina Danke das du mich seit der TK begleitest. Mit dir wird es nie langweilig.

Vanessa Danke für tolle Momente.

Lina Danke für schöne Erlebnisse und tolle Gespräche.

Esther Danke, das ich dich kennenlernen durfte und du immer ein offenes Ohr für mich hast.

Jens Danke, das du mich unterstützt und für mich da bist.

Daniel Ich werde dich niemals vergessen.